木皿食堂③

お布団はタイムマシーン

木皿泉

双葉文庫

木皿食堂3

お布団はタイムマシーン

目次

I

好きという重しのおかげで～エッセイ

I

好きという重しのおかげで

エッセイ

木皿食堂

甘い生活

私は仕事で追い詰められると甘いものが食べたくなる。タバコもお酒もダメなので、ストレスの発散ということなのだろう。さほど欲しいとは思わないのに、ケーキを食べて気持ちを上げようとしたりする。並んでるケーキがまた可愛くて、一人で食べきれないほど注文してしまう。安売りのお菓子屋さんなど普段なら入らないのだが、そういう時はずんずん奥まで入って、気がつくと山のように買っている。案外、それで気持ちはおさまるのだが、買ったお菓子はもったいないので全部食べる。

ストレスのたまっている時に、甘いものを大量にとるのは逆効果なのだそうだ。仕事が間に合わず、徹夜になりそうな時、私は力をつけるために肉を食べるが、それもよくないらしい。精神的に追い詰められている時に、胃腸に負担をかけるようなものを食べると、自律神経のバランスが余計に悪くなって、集中できず、いいパフォーマンスはできないそうである。私は、何十年も間違っていたというわけである。夏目漱石も、仕事

の合間にジャムをなめていたそうで、きっとストレスをまぎらわせていたのだと思う。それは間違いだったと聞いたら、漱石も驚いたに違いない。

そういえば、うつ病を食べ物で治すという話を聞いたことがあるが、それもやっぱり過度に甘いものをとらないということだった。なのに、スイーツと聞けば癒してくれると、無防備に思ってしまうのはなぜだろう。私たちは、調子が悪い時は、自分を甘やかした方がいいと思ってしまう。厳しい状況に追いやられた時、イカの塩辛なんか食べたくない。傷に塩をもみ込むようなものだ。塩辛いのは、何だか怒られているような気分になる。

お父さんが晩酌の肴《さかな》で食べるものはとんでもなく塩辛く、なぜこんなものを食べなければならないのか、子供の頃、理解できなかったと言う人がいた。自分の代わりに、父親が罰として食べている、と思い込んでいたと言う。苦いビールに塩辛い肴。大人は偉いなぁと感心していたそうである。

罰とまで言われてしまう塩は、砂糖に比べると圧倒的に不利だ。「デパ地下」を席巻《せっけん》するのは甘いもので、梅干しや味噌は減塩のものが好まれる。昔は、焼くと塩を吹くほど辛い塩鮭を売っていたが、最近見かけなくなった。強い塩分は、今の世の中の気分には合わないのかもしれない。

しかし、よく考えると、傷に効くのは殺菌作用のある塩の方で、砂糖ではない。「へ

ンゼルとグレーテル」の話に出てくるお菓子の家のように、甘いものは人を誘惑して、あげく酷《ひど》い目に遭わせる。

気持ちのいいことは、もっともっとと思ってしまう。ほどの良さなど、今の時代、どうやって保てばいいのかわからない。テレビも雑誌もネットも、おもしろいことや気持ちのいいことは、まだあるぞとあおり続けるからだ。私たちはそれに乗じて、もっと甘いものをと思ってしまう。

本音を言えば、絶対に塩の方が砂糖なんかよりうまいはずなのである。でも、塩には実用的という日常のイメージがあるので重宝がられないのだろう。その点、砂糖は非日常へと逃避させてくれる。厳しい状況を忘れさせてくれて、何かにくるまれているような、ほっとした気分にさせてくれる。

それは厳しい時代を生き抜いてきた昔の人たちがつくった、知恵のようなものではなかったかと思う。昔は砂糖を薬のように使っていたのではないかと想像する。疲れ切った日常の中に甘い時間をつくることで、気持ちを奮《ふる》い立たせることができたのではないか。

刑務所から出所したばかりの男が、まず羊羹《ようかん》を一本、一気に食べるという映画を観たことがある。甘味は全てを忘れさせてくれる、私たちが思っている以上にありがたいものなのだろう。甘いものをとり放題の私たちは、全てを忘れたまま、うつらうつらと暮

らしているのかもしれない。

（神戸新聞　2015・1・11）

意味不明の力

ダンナは、ときどき、「イムラデバッコ」という意味不明なコトバを口にする。子供の頃、目にものもらいができたとき、お祖母《ばあ》さんが、そう唱えながら、にぎりばさみで目を切る真似をしたそうだ。そう言われた方は「もう出ません、もう出ません」と答え、ものもらいは治るという。誰にも見られてはいけないらしく、二人きりの暗い部屋で、真面目な顔をしたお祖母さんが、にぎりばさみを持って迫ってくるのは、おかしいような、怖いようなものだったらしい。

訪問看護師さんが、うちにもそんなのがありました、と言う。やっぱり、誰にも見られてはいけないらしく、一人でこっそり川に行き、自分の年齢の数だけの小豆《あずき》を、一粒ずつ目に当てては、「バーカメッパオチレ」と言って川に流すのだそうだ。それで治りましたか？　と聞くと、治りましたねぇと懐かしそうに言う。

そういえば、私の子供の頃、誰も見ていないところで、茄子《なす》のヘタでイボをこすると

取れると言われ、こっそりやってみたが治らず、結局お医者さんに切り取ってもらった。私の場合、呪文を教えてもらっていなかったので効かなかったのではないかと思う。

声に出して言うのは、けっこう効く。名越《なこし》康文《やすふみ》さんの本に書いてあったが、自分が怒りそうだなというとき、「私は怒っている」と何度か口に出して言うと、おさまるそうである。やってみると、案外効くのである。しかし、ちっちゃいのは、それで何とかなるのだけれど、大きいのは、なかなか引っ込んでくれない。

長く怒るのは、けっこうしんどいものである。それを何とかしたくて、とりあえず「アイツのせいだ」ということにしてしまう。誰かのせいにするのは、つまり保留である。保留をせずに怒り続けると、どうなるのかというと悲しくなってくる。怒っている自分が、とても惨めで哀れに思えてくる。どうにもならぬことを、くどくど言っている自分は、とても頭の悪い者に思えてくる。そういうことを認めるのがイヤなので、たぶん早めに誰かのせいにしてしまうのだと思う。

よく考えると、私はどうにもならない状況に怒っているわけで、そんなときは呪文を唱えるのが一番だと思う。唱えつつ、どうにもならぬことを受け入れるわけである。

うちには、ライフジャケットというプレートが貼られた神棚のようなものがある。フェリーボートで実際に使われていたプレートである。つまり、いざというときは助けてくださいというための棚である。えべっさんの笹やら、神社のお札、大黒さんなど、あ

りがたいものが置いてある。それを見ていて、私は「あッ」となった。前に宅配便の箱から、六粒と半分のお米が飛び出してきた不思議な話を書いたが（『木皿食堂2　6粒と半分のお米』双葉文庫所収）、なんと家にある大黒さんの数が、ちょうど六体と半分なのである。半分というのは、十年前、玄関の前に落ちていた真っ二つに割れた大黒さんのことである。

その大黒さんと、箱から飛び出したお米は、たぶん何の関係もないものだろう。しかし、人間には想像する力がある。自分たちには及びがたい大きな力がある、と思うのは人間の特権である。私は、六粒と半分のお米を、大黒さんの化身としか思えず、外出のときは持って出かける。どうにもならない状況は、意味のあるものでは太刀《たち》打ちできない。私のあずかり知らない事情で家にやってきたものに、何とかしてもらうしかないのではないかと思うからだ。

今の子供たちは、ものもらいができても、呪文を唱えない。原因も、それを治す方法も、私たちはすでに知ってしまったからだ。でも、だからといって、我々は全てを知ったわけではない。自分のことだって、本当のことをいうとよくわからない。だから、自分を鎮《しず》めるために、私は、人から見れば何の意味もない、六粒と半分のお米の力を借りている。

（神戸新聞　2015・2・1）

木彫りの人魚姫

自撮り棒というものがある。長い棒の先にスマートフォンを取り付けて、自分を撮影するというものだ。六歳ぐらいの女の子が、その自撮り棒を使っているのを見て、なんだかイヤな気持ちになった。神戸は観光の街のせいか、この棒をよく見かける。そして、見るたびにイヤな気持ちになる。棒が、持つ人の延長のように思えるからだと思う。みんなのモノだと思って歩いている道が、突然、長い棒でここは私の陣地だと主張されているような気になるのだ。もちろん本人は、そんな気持ちはないし、それは私の被害妄想だと思う。でも、やっぱり往来は、「すみません、写真撮ってもらえますか?」と声をかけたり、かけられたりする場所であってほしいと私は思う。

沖縄で甥《おい》の結婚式があった。結婚するのは兵庫県の新郎と千葉県の新婦だったが、沖縄流の結婚式は、おもしろかった。やたら余興があって、挨拶も聞く人を飽きさせないよう工夫されていて、二百五十人ほどの参列者がドッと笑う。これは少ない方で、四百人ぐらいの式は当たり前だそうである。式場の後ろには、立派な舞台があって、宝塚大劇場のような光る階段まであったりする。みんなで酒を飲んで楽しむ、ということが一番に考えられているのが気持ちいい。最後は、カチャーシーという定番の曲をみんなで歌って踊り、新郎も新婦もその親も、どこにいるのかわからないぐらい、まじりあって

お開きとなる。

タクシーのオジサンが言うには、沖縄は昔からいろいろな人たちが、互いを気にせずに住んでいたそうである。台湾の人も多いそうだ。しかし、どちらが先に居たということは、あまり気にしていないのだという。老舗《しにせ》なんていうコトバは、つい最近、内地から入ってきて、もともとはない考え方なのに、と少し不満そうにオジサンは言う。あの披露宴を見た私は、そうだろうなぁと思う。

沖縄のお土産は、いまやインターネットで何でも買えるので、さほど欲しいモノはない。琉球張り子が欲しくて行った玩具屋さんで、木彫りの人魚姫を買った。袋のような人間の服を脱がすと、本来の人魚姫があらわれるというものである。一見、雑な作りで、この人形の良さがわからない人に値段を言うと怒られそうなので、誰にも言えない。人間の服を着ているときは、ふにゃふにゃして立ってられないのに、服を脱ぎ捨てて人魚になったとたん、すっくと立つ姿が、なんだかいいのである。

人魚姫は、足をもらう代わりに声を失う。見た目をもらうために、自分の中にあるもの一切を出せなくなってしまった女の子の話である。ふと、自撮り棒を握った六歳の女の子を思い出す。あの棒の先には、自分の目が取り付けられている。本来、自分の姿は見えないのに、あの棒の先から、自分がみんなにどう見えているのか知ることができる。一旦、それを知ったら、みんなからよいように思われたくて、そのことばかり気にする

のではないか。彼女はこの後、何十年もそんなふうに人の目を気にしつつ生きてゆくのだろう。そして、何を失うのだろう。

家に帰って、人魚姫の服を脱がしてやる。時々そうしてやらないと人間のままでは苦しいだろうと思うからだ。それは、つまり、私がそうしてほしいからそうするのである。私自身も、見えない自撮り棒を握りしめて、自分を知ったように思っているからだ。脱がして自分を大きくしたり、着せて自分を小さくしたり、そんなふうに遊んでいる。

（神戸新聞　2015・3・1）

忘れてもらう

「忘れてもらう権利」というものがあるらしい。インターネットの中の自分のデータを消してもらうというもので、ヨーロッパで認められたという。

たしかに、今の時代、忘れてもらうのは難しい。サイン会などでファンの人と写真を撮ったりするが、あれなんかもずっと残ってゆくのだろうか。どこかに転送する人がいて、それがまた転送されているかもしれない。全て回収しようとしても、いまさら無理なのである。今は、消したブログなどを律儀に掘り起こす人もいて、言ってないと主張

しても、たしかに言ってますよと証拠を目の前に突きつけられる。

「ずっと忘れない」というのは、キュンとくるコトバだが、それは、そう言っても忘れるよね、というお互いの了解があって、それでも覚えておきたいと思う気持ちにキュンとなるのである。本当に全部覚えられていると怖いものである。

私は昔のことをよく覚えているタチで、そのことを嫌がる人が多い。子供の頃、すき焼きの肉は二つのエリアに分けられていた。兄の分と、父母と私と妹の分。兄に全部食べられないための自衛手段だと親は言うが、分量的に不公平だと思われたので、私は母に抗議した。すると母は「お兄ちゃんには、将来養ってもらわなアカンから肉を食べさせてるねん」と真顔で言った。八十二歳になった母に、肉を食べさせていたお兄ちゃんに面倒見てもらうときが来たね、とイヤミを言うと、とても嫌そうな顔をする。まさか五十年前に言ったコトバを、ことあるごとに言われ続け、さらに何度も活字に書かれるとは思っていなかったのだろう。母は、いいかげん忘れたらいいのにと恨めしそうな顔をする。

忘れてもらえる、というのはとんでもなく解放的なことである。私が学校に上がる前だったと思う。何をしたか忘れたが、母は怒って私に「出て行けッ！」と言った。コトバだけではおさまらなかったのか、風呂敷に私の下着と五百円札を一枚包んで、私に差し出した。私は泣きながら横目でその旅支度を見ていた。見ながら「え？　家って出て

行ってもいいものなの？」と驚いていた。私は風呂敷包みを持つと玄関を飛び出した。振り返らなかった。いつもの三角公園も、嫌いだったつながれた犬も、何だか違うものに見えた。私が迷いなくどんどん歩いてゆくのを見て、あわてた家族が追いかけてきた。私は必死に逃げた。結局、捕まって家に戻されてしまった。何だ、やっぱりそう簡単には私のことを忘れてくれないんだ、と私は思った。

小学校に上がった私は、やたらと「私が死んだら泣く？」と聞く子供だった。何回も聞くので、母は私をこらしめてやろうと思ったのだろう、「一週間ぐらいは泣くと思うけれど、そのうち忘れる」と言った。私はそれを聞いて、晴れ晴れとした気持ちになった。そのうち忘れる、というのはなんと頼もしいコトバだろう。惨めで嫌なこともいつか忘れてしまえるのである。風呂敷包み一つ持って家を出た、あの解放感だった。私は、人生に何が起こっても大丈夫なんだと思った。

大人になって父がガンで入院したとき、オレは家族の写真をいつも持って歩いているんだと私に自慢した。一枚の集合写真ではなく、モノクロやカラーのスナップ写真を小さく切り取ったものだった。そこに私の写真だけなかったが、父はそのことに気がついていないようだった。私は傷つかなかった。むしろ自分のことを忘れてくれている、父のうかつさにホッとした。私が父のことを忘れたとしても許してもらえるように思えたからだ。父は桜が終わる頃に亡くなった。私への最期のコトバは「帰ってきてや」だっ

た。私が行ったら行ったきりの人間であることをよく知っていたのだろう。
私は今でも風呂敷包みを持って、一人で歩いている気持ちである。

（神戸新聞　2015・4・5）

伸びる力

タケノコが届いた。旬の贈り物は、テンションが上がる。出かけようとしていた私は、リュックを背負ったまま、寸胴《ずんどう》鍋を取り出し、水をはる。今日届いたということは、おそらく昨日の朝、掘り出したのを詰めて、送ってくれたはずだ。タケノコは早くゆがかねば値打ちがない。泥のついた固い皮に包まれているが、それはむかず、先っぽを斜めに切り落として、そこから縦に深く切り目を入れる。鍋にヌカをひとつかみ、それにタカノツメを入れて、四十五分ゆがき、後は火を消してそのまま冷ます。間違っているかもしれないけれど、うちではずっとそうしている。
台所からタケノコをゆがく匂いが流れだすと、ダンナまで、いそいそしはじめる。待ちきれない私たちは、取りあえず、ゆでたてをオリーブオイルで焼いて、バルサミコ酢と醤油を合わせたのをかけて食べる。みずみずしい歯触りは、「若さ」そのものである。

そんなのを食べたからなのか、ダンナが突然、六月のサイン会に自分も行くと言いだした。今月二十二日に、連載してきたエッセイをまとめた『木皿食堂2　6粒と半分のお米』が双葉社から出版される。そのためのサイン会である。

ダンナは、今まで、ほとんど家から出たことがない。二カ月に一回、病院へ行くぐらいである。出無精は、脳内出血で倒れる前からで、向田邦子賞の授賞式も出たくないというので、しかたなく私だけ出席した。ドラマの撮影現場も打ち上げも、行ったことがない。車椅子の生活になってからは、言い訳ができたのを幸いに、根が生えたように家から出ることはなかった。だから私は驚いた。本当に行くのかと、私は何度も念を押した。ドタキャンすると困るのは、先方だからだ。ダンナは「行く」と断言する。そのことに、周りの人は、ことのほか喜んでくれた。

喜んでくれる人が多いことに、ダンナは気をよくしたのだろう。五月九日に、神戸市内で私ひとりで講演会をすることになっているのだが、それにも出ると言いだした。場所は家から近い。が、引きこもりのように暮らしてきた人が、いきなり講演会なんて、本当に大丈夫なのか。私はあわてた。いつもより持ち物も増えるし、周りに気も遣わねばならず、心配も増える。でも、本人がやりたいというのだから、こっちも腹をくくるしかない。

和歌山で、タケノコを掘らせてもらったことがある。悪魔が持っているような、細い

鋤《すき》で掘り起こすのだが、タケノコの先っぽが地面から出ているのは、もうダメなのだという。出ているか、出ていないか、わからないようなのを見つけて、周りの土を掘り、どれぐらいの大きさなのか見当をつけ、根っこをめがけて鋤を打ち込む。下手な人は、タケノコの腹に打ち込んで、割ってしまう。長靴の私は、湿った土で滑らないように、慎重に鋤をふり下ろした。根に打ち込んだ手応えがあった。テコの原理なのだろう、今度は鋤の柄を下ろしてやる。地中から大きなタケノコが地面を割って姿をあらわした。見えないところで、立派なタケノコが育っていた。

ダンナは、半年間入院した後、食べることもしゃべることも、なかなかできなかった。体は重心が取れず、座ると体がクニャッとなってしまう。食事も、歯磨きも、髪をとかすことも、お風呂も、人の手がかかり、時間もかかる。なので、私たちの生活は、まず諦めることから始まった。なるべく無駄なことは避けて、できることをやる、という習慣がいつの間にかついてしまっていた。

ずっと一緒に居すぎて、私は見えなくなっていたのかもしれない。この人もまた、育っていたのだ。タケノコを掘ったときの手応えがよみがえる。ダンナは今年で六十三歳。まだ伸びる力を持っているらしい。

（神戸新聞　2015・5・3）

弁当

他人の握ったおにぎりを食べられない人が増えているそうである。たとえ同じ家族でもお父さんはダメだとか、よく知っている友人のお母さんなら大丈夫とか、握る人によって、食べられるか食べられないかが決まるらしい。それは、その人が信頼できるかどうか、ということのようだ。誰が握ったのかわからないおにぎりなど、言語道断なのである。

私が子供の頃、弁当は大きな重箱に詰めるものだった。お花見も運動会も、家族みんなで食べるものだったからだ。だから、小学校に上がって、赤く光るアルミでできた自分だけのお弁当箱を買ってもらったときはうれしかった。フタがゆるゆるで、白いハンカチに包んでくれるのだが、それがお昼には結び目まで茶色になっていて、弁当を入れていたカバンの中は、醬油の匂いが染みついていた。中のおかずも茶色だった。自分の家の弁当は恥ずかしいものだった。女子たちはフタで隠しながら器用に食べていた。重箱なら誰に見られても平気だったのに、自分の弁当箱になったとたん、恥ずかしいというのはどういうことなのか。昭和四十年代、大量消費社会が始まったばかりの頃は、安全性より、人が持っているのに自分は持っていない、ということの方がはるかに重要であった。私の赤いアルミのお弁当箱は人並みに流行《はやり》のものだったが、毎日詰められる

中身はそれに追いついてなかったのだ。

今思えば、家にはお金がなかったが、子供に恥をかかせるわけにはゆかないという親心で奮発して弁当箱を買ってくれたのだろう。その後、母は友人宅で赤いウインナーを見て「なにこれッ！」と目を疑ったそうである。しかし、それはすぐに弁当の定番となり、ある日突然、それがタコの形になった。それもまた、せめて人並みにということだったのだろうが、母のつくるタコのウインナーの足は四本だった。それだって、母にとっては精いっぱいのことだったと思う。私は、人並みというのは大変なことで、社会に出るのはイヤなことだなぁとずっと思っていた。

いっぱしのOLになって、出張で東京へ行った帰り、私は新幹線の通路側に座っていた。窓側に少し年配の男性。まん中には青年。新横浜を過ぎた頃、二人は缶ビールを開けて飲みはじめた。つまみなどなくビールだけ飲んでいた。私は駅で買ったシューマイを開けた。今でも、どうしてそんなことができたのか不思議なのだが、二人に「どうですか」とシューマイをすすめた。私の言い方があまりに自然だったので、二人は「これはこれは」とつまんでくれた。青年は土産で買った煎餅を開けてくれて、私とおじさんにすすめてくれた。私たちは、外の風景を見ながら、ちょっとした会話を楽しんだ。青年が、しみじみと「楽しいですね、こんなの」と言った。本当にそうだった。社会に出るとイヤなことばっかりだと思っていたのに、こんな日もあるのだと思った。

あんなことは、もうできないだろう。昔の弁当は人並みに生きている証拠のようなものだったが、今は自分で責任を持たねばならないものになってしまったからだ。弁当の中のものは全部自分で食べる。人にあげて何かあったとき、責任を取らねばならない。外で食べたなら、その痕跡を残してはならない。人の迷惑にならぬよう、ゴミは全て持ち帰る。弁当はひっそり腹を満たすだけのものになってしまった。それが寂しいのか、「キャラ弁」なるものが流行《はや》っていたりする。かわいい弁当は、フタを開けたとたん、おかずを交換しなくても人とコミュニケーションを取れるからだと思う。

弁当は、タコさんウインナーから格段の進歩をとげたが、誰かと一緒に食べたいという気持ちは、ずっと同じなのかもしれない。

（神戸新聞　2015・6・7）

終わった時計

腕時計が止まってしまった。その会社が初めてつくった電子腕時計だそうで、液晶の下に小さなボタンがいくつも並んでいる。それを、これまた小さな専用の棒で押すと、カレンダーや計算機として使えるというものだ。今のスマートフォンから見れば、おも

ちゃのような機能だが、当時としては画期的なものだったと思う。今の人には信じられないかもしれないが、腕時計にカレンダーが内蔵されているというのは夢のような話で、その頃は腕時計用のカレンダーというものがあって、月が変わるごとにバンドに巻き付けていた時代である。売り出されたときは、さぞや光り輝いていたんだろうと思う。

商店街の時計屋さんに電池の交換を頼むと、古いものなのでうまくできるかどうかわかりませんよと念を押されて、それでもいいからとお願いして、時計を置いて帰った。その日に電話がかかってきて、電池の交換はできたのだが、ボタンを押しても反応はなく、時刻が合わせられないと言う。中を開けてみると、ボタンの下にかましてあるゴムが劣化して粉々になっていたそうだ。もちろん換えの部品などあるはずもなく、こうなってしまうと、もう無理ですねぇと言われてしまった。

預けた時計を取りに行かねばならないのだが、なかなか店に足が向かない。遺体を引き取りに行くような気分で気がのらず、結局、行くのに一週間ぐらいかかってしまった。戻ってきた腕時計は、重さも形もそのままなのに、もう時計ではない。アンティークショップで買ったのは去年で、使った期間はせいぜい一年ぐらいである。なのに、なぜこんなに寂しいのだろう。

私は十九世紀の喪に立ち会っているのだ、と言ったのはココ・シャネルだ。彼女は、それまでの女性の服装を解放的なものに一変させた。みんなの頭の中にある古いものを

捨てさせた人である。

もうすでに終わっているのに、慣性の法則だからなのか、まだあるように思っていたりすることがある。先日、政治家の人が、テレビ局や新聞社をスポンサーに頼んでこらしめてもらう、というような発言をしていたが、「こらしめる」というコトバもそうだろう。そんなのは、時代劇の中だけで使われるセリフで、その時代劇でさえ、すでになくなりつつあるのではないか。今の世の中、誰かを「こらしめる」特権を持つ人などらないのである。裁判官は自分の主観で「こらしめる」わけにはゆかないし、学校の先生が生徒を「こらしめる」とニュースになる。もうすでに、日本には、「こらしめる」立場の人はいない。「こらしめる」ために何かをしたら、その言い分は聞いてもらえず、下手をすると犯罪者になるだろう。なのに、その政治家は、自分が「こらしめる」ことのできる立場にいると思い込んで発言している。それは、私の使えなくなった古い腕時計を見るようで、悲しい。

この先、使えなくなるものは、どんどん増えてゆくだろう。資本主義はどこまでもつのか。すでに、人を押し退けて頂上に立つことが本当にいいことなのか、みんな疑問を持ち始めている。新しいものをどんどん買って、古くなったものをどんどん捨ててゆくのは当然のことだとは思えなくなってきた。なのに国は、まだその方法でゆけると思っているらしい。みんなの頭の中にある古いものを捨てる時期にきているが、残念ながら、

今の時代には、シャネルのような画期的なアイデアを見せてくれる人がまだいないのである。

腕時計がなくなって不便なので、新しいのを買ったが慣れない。しかたがないので、古いのを引っ張り出してきたり、いいのがないか店で探したりするが、しっくりこない。それならいっそ、腕時計なんかやめてしまおうかと思ったりする。この定まらない感じは、なんだか、今の世の中と似ている。

私たちは今、ひとつの時代の喪に立ち会っているのだろう。でも、そのことを認めたくなくてジタバタしているのだと思う。


（神戸新聞　2015・7・5）

空き家

ダンナの実家に誰も住まなくなって五年である。庭の草や木は、怖いほどの勢いで、あっという間に全てを覆いつくしてしまう。秋に引っこ抜いて短く切りそろえたばかりなのに、すでに庭は無法地帯となっていた。自然を大切になんて言う人がいるが、自然は手に負えない恐ろしいものである。そんなのに対抗し続けるのは、思った以上に大変

で、近所への迷惑を考えると、家をつぶすしかないのかなぁと思う。

亡き義父は、人に迷惑をかけるのが死ぬほど嫌いだった。夫婦そろって警察官で、当時は共働きは珍しかったはずである。公務員を見ると、「税金ドロボー」なんて陰口をたたく時代だったので、義父は、人の噂にのぼることなく、ひっそり暮らしたかったのだと思う。生前、私は一度だけ遊びに行った時があって、庭で花火をしようと言うと、義父があわてて飛んで来て、そんな目立つことはやめてくれと頼まれた。ずっと人の目を気にして生きてきた人なのだとダンナは言う。

その実家をあまりにも放置していたら、空き巣に入られた。隣の人が、いつも閉まっている裏の戸が開けっぱなしになっていると警察に通報してくれたのだ。警察に呼ばれて駆けつけたものの、部屋中が散乱し、もともと何があったのかこっちは把握していないので、盗まれた物がわからない。お義母《かあ》さんの着物と、お義父《とう》さんが集めていたコインがなくなっているようだったが、それも欲しくて盗んだというより、他に目ぼしい物がなく、しかたなく持って帰ったという感じだ。床に警察のマークの小さな襟章《えりしょう》が二つ転がっていた。一緒に中を見てくれていた警察官に、「これは盗まれないで投げ捨ててましたよ」と見せると、「うわぁッ、これ本当にあるんですね。ボク、見たの初めてや」と感激している。一つは大きな事件を解決した時に、もう一つは長年の勤務に対してもらえる物だと言う。その価値を実感できない私が、間が抜けたように「へー」と言

うと、三十代後半と思われる警察官は、「そーなんですよねぇ。この価値は、家族にはわからないんですよ。うちの娘も、きっと理解できないと思います」と、掌《てのひら》にある襟章をじっと見ながら、しみじみとそう言った。他にも、天皇陛下からいただいたというメダルもあって、それらは手紙の書き方の本や温度計なんかと一緒に床にまき散らされていた。

部屋は、義父が亡くなった時の二〇一〇年八月のまま止まっていた。本人はまだまだ生きるつもりだったのだろう。何の日なのか、今となってはわからないが、カレンダーには亡くなった日以降にも、赤い丸がつけられている。テレビの横には、野球の選手が載った雑誌があって、球団別に手製のインデックスがつけられていた。それを片手に、若い選手のプロフィールを確認しつつ、野球中継を楽しんでいたのだろう。

私は、この家に住みたかった。できれば、お祖父さん、お祖母さんが健在の時に。ダンナから繰り返し聞かされてきた、途方もなく長く感じた日常を、私も一緒に過ごしてみたかった。ダンナの言う、ぞっとするほど退屈だった子供の頃の時間。家族が、泣いたり、笑ったり、怒ったり、深刻になったり、慰め合ったり、仲直りしたり、悔しがったりした、そんな時間は、どこへ行ってしまうのだろう。もともと、そんなものは、なかったことになってゆくのだろうか。そう思いつつ、縁側からぼんやり、草や木が伸び放題の庭を見ていて、そうか、そういうのをドラマにするのが私の仕事だった、と気づ

く。

結局、家をつぶして駐車場にすることにした。つぶす前に、お義父さんのメダルや、お義母さんが子供の時に金賞をもらった習字の掛け軸、祖父の高取山《たかとりさん》一万一千回登頂記念の楯、ダンナが若い時に聴いていたカセットデッキなど、昔は輝いていただろう、ささやかな物たちをかき集めるように、家に持って帰った。

（神戸新聞　2015・8・2）

ちょうどいい

アボカドをむくとき、いつもこんなふうに死ねたらいいなぁと考える。ごわごわの黒い皮が、私には生きるためにかぶっている鎧《よろい》のように思えるからだ。スーパーに、同じ顔をして並んでいるが、手に取ってよく見ると、それぞれ違う。すべすべしたのや、黒光りしたのや、ごつごつしたのやら。中身を想像しながら慎重に選ぶのだが、切ってみないとどんなだかわからない。中心の大きな種まで包丁を入れ、くるりと回すときれいに半分に割れる。それから黒い皮をむいてゆくのだが、まだ熟《う》れていないとむきにくく、熟れ過ぎていると皮に身がひっついてしまう。ちょうど食べ頃のは皮がするりとむ

けて、目の覚めるようなグリーンがあらわれる。こんなふうに死にたいと思うのは、そういうアボカドにあたったときである。遅過ぎるのでもなく、早過ぎるのでもなく、固い世間の皮を脱ぎ捨てると思わぬ色があらわれる。あーそうか、これが本当の自分だったのかと、驚きながら、しかし納得しつつ死ねたらいいのに、と思う。

母が十万人に数人しか発病しないという不治の病名を医者に告げられたという。あなたの細胞は血液をつくることができないと説明されたらしい。素人《しろうと》にはぴんとこず、「血液のガンみたいなもんですか?」と聞くと、医者は「まぁね」と答えたので、呆然として帰ってきたらしい。そんな大病にもかかわらず、家族を呼べとも言わず、再検査は二カ月先で、その間、診察もないと言う。不安にさせるだけさせて、中ぶらりんのまま二カ月放置されたわけである。八十二歳の母は夏場のこともあり、食欲も落ちてゆき、みるみる元気がなくなっていった。

ところが、二カ月後、病院に行くと医者は前に言った病名を忘れてしまったかのように一言も口にせず、「ビタミンB12欠乏性貧血ですね。もう来なくていいです」と言い捨てたらしい。何のことはない、いわゆる貧血である。突然そんなことを言われても納得できない母が食い下がると「そんな心配する暇があったら、ガンになる心配でもしたらどうですか」といなされたらしい。それでも母は納得できず、「足に斑点ができてるんですけど」とめくって見せると、「老人性のものです」と一蹴《いっしゅう》された。帰り、看護師

が今まで見たことのないぐらい深いお辞儀をしてくれた、と言うから看護師も、さすがにこの医者の対応はないだろうと思ったのだろう。おそらく、医者は自分の見立てが間違っていたことでメンツがつぶれると思って、こんな横柄な態度を取ったのだろうと思う。

私が書きたいのは、そんな医者のことではない。母の話である。最初は困惑していたが、重大な病気ではないと知ると、あっという間に活力がみなぎってきた。考えてみれば二カ月前と体は何も変わってないわけで、それはつまり、笑ったり食べたりするのを自粛していたということだ。重病人らしくふるまっていたということである。真面目だなぁと思う。

物を持たない生活をすすめる本が流行っている。世間にあおられて、物を買い続けたあげく、今度は買うなとあおられて、なるほどそうだなと思わされ、そちらになびく。私たちは、ちょっと真面目過ぎないか。多く持っている方が幸せなのか、それとも少なく持っている方が幸せなのかと聞かれたら、私はちょうどいいぐらいが幸せなんじゃないか、と答えるだろう。

つくったオカズが、ちょうどいいぐらいの量で、みんなが満足して、食べ残しもなかったとき、なんだかとっても気持ちいい。ちょうどいいは、人に決めてもらうものではない。自分だけが知っているものである。

まだ死に時ではなかったらしい母が、タジン鍋で蒸したマツタケをうまそうに食べる。人生で何回も食べてきたはずなのに、初めて食べたかのように、「ちょうどええ蒸しかげんやな」と感嘆する。

（神戸新聞　２０１５・９・６）

偶然

ダンナが入院しているとき、意識がまだ不明瞭だった彼には、病室が木でできたオーストリア風の部屋に見えていたそうである。そこには、五センチほどの小さな男の子がいるらしく、彼のことをピータンと呼んでいた。ピータンは、まだ思うように目を開けることができなかったダンナの唯一の友人のようだった。私のことをピータンだと思い込んで、しゃべっているときもあった。

その頃、毎日同じカバンを持って病院に行っていた。夜、帰宅してぐったりとなった私は、それを床に放り投げ、朝になると、拾い上げて食べかけのおにぎりやパンを詰め込んで出かける。ある日、そのくたびれたカバンを見て驚いた。カエルの模様の下に小さくピータンとプリントされていたからだ。

寝返りをうてないダンナは、いつも天井を見ていたし、目もほとんど開けることができずにいた。私のカバンに書かれた、こんな小さな字を読めるはずがなかった。なぜ彼は少年の名前をピータンとつけたのか。偶然の一致なのだろうか。

妹は若い頃、買ったばかりの腕時計を沖縄の海に落としてしまったが、旅行最後の日、海底に自分の時計が落ちているのを見つけたそうである。同じようなところをスキューバダイビングしていたのだから、見つけるのは当然だと言われたらそうだが、水平線が広がる海を見ると、片手にすっぽりおさまる、そんな小さな物にまた出合えたというのは、ものすごい偶然のように思える。

母は包丁を使うとき、必ず食材が立つのだと言う。小さなシメジとか、薄く切ったキュウリとかが、まな板の上で直立するのだそうだ。なんでやろ、と母は不思議がる。たしかに、マッシュルームを薄く切ってもらったら、きれいにまな板に立った。しかし、それは母の独特の切り方に理由があるような気がした。切った後、包丁を少し横にひっぱるのだ。私がそう説明しても、母は偶然だと主張する。というか、不思議であってほしいらしい。

決まった時間に電車は来て、それに乗って決まった職場に行き、決まった分の仕事をこなす。私たちは、そんな決まりきった時間の中に生きているのではなく、本当は、ちょっとしたことで、まるで変わってしまう、そんな偶然の連続の中で生きているのだと

いか。この世の中は偶然だけで成り立っていて、本当は決まりきった日常の方がウソなんじゃないか。この世の中は偶然だけで成り立っていて、全部を客観的に見ると、本当は何も決まっていない危なっかしい人生なのではないか。

今は監視カメラがいたるところにあって、私たちは時間を逆戻しで見る機会が多い。テレビで、〝九死に一生〟の映像をやっていた。道を歩いている男性が、誰かが吐き捨てたガムを踏んづけて、ちょっと靴の裏を見る動作をして、また歩きだす。すると、その目の前に大きなガラス板が落ちてきて、男性にかすった。ガムを踏んでいなかったら、ガラスがもろに当たっていたところだ。しかし、逆に、ガムを踏んでしまって事故に巻き込まれたという人の映像もどこかにあるかもしれない。

全てを知ることができるというのは不幸である。ああしなければ良かったのに、と一生くよくよ悩まねばならない。わが身に起こる偶然など知らぬ方がいい。ひどい偶然もいい偶然も、起こってしまった以上、引き受けるしかない。

ピータンの一件は、入院する前に、ダンナが私のカバンを見たのかもしれない。それが無意識に残っていただけなのだろう。でも、私は、何もかも失った彼が、心細かった暗闇の中、ピータンという暗号のようなコトバだけをたよりに、私を探してくれていたんではないかと思う。そう思うと、とても温かい気持ちになる。

彼と出会わなかった人生もあったのかもしれない。もう出会ってしまったので、そん

な人生は想像もつかないけれど。

（神戸新聞　２０１５・10・４）

迷子

先日、甥の結婚式に出席した。新郎新婦がいろいろ工夫したらしく、おもしろい式だった。最後は両親に花束ではなく、記念品を贈呈するのも、これからしっかりした家を築くんだろうなぁと頼もしく思えた。新郎の父は、挨拶があるので酒を控えろとみんなに言われていたが、そう言われることがプレッシャーになったのだろう、かえって飲んでしまう。挨拶が始まった。型にはまらない、自分のコトバでやりぬこうと考えてきたらしく、好感の持てるすべり出しだった。が、花嫁の名前を言った次の瞬間、絶句してしまった。言うべき話を忘れてしまったのだ。私も講演会でこんなことはよくある。私は、今、ここで何をしてるんだろうと思ったとたん、頭が真っ白になってしまうのだ。「あ、迷子になった」と私は思った。話は戻ったり飛んだり、迷走を始める。それでも、懸命にたどり着くべき場所を求めて、ぐだぐだと話し続ける。それがとてもおもしろかった。最後は、こんないい息子に育ったのは、自分たちではなく、先月亡くなってしま

った愛犬ラブちゃんのおかげだというところに落ちついた。私と義姉は、涙が出るほど笑っていた。笑いながら、会社や飲み屋で、たぶん家族の話などしたことのない人が、初めてしゃべった家族の話なのではないかと思った。

昔、「ラッキーボール」というパチンコにはまっていたことがあって、ほぼ毎日行っていた。同じような人が何人かいて、名前は知らないが、家族より長く時間を過ごしていたと思う。コーヒーをおごったり、おごられたり、楽しかった。「キレイなお姉さん」と呼ばれていた人は、強かった。四時になると、パッとやめて帰ってゆく。見かけなくなったなぁと思ったら、商店街でばったり会った。十九歳の息子さんを病気で亡くしたのだと言った。私は絶句した。のんきにパチンコを打っていた人にそんな話があるとは、思ってもみなかった。それから十数年後、彼女によく似た人を見かけた私は追いかけた。パチンコ屋に入って、ふらふら歩いているのは迷子の子供のようだった。台を見つけて打ち始めたので、私は隣に座った。私が話しかけたいそぶりを見せると、彼女は全く覚えていない様子で、「違う、違う」というふうに手をふって、パチンコに戻ってしまった。少し年をとっていたが、キレイなお姉さんに間違いなかった。夕方の六時だった。もう四時に帰る必要はないのだろうか。家族を亡くして、迷子になったままの十数年だったのだろうか。気がつけば私も迷子のような気持ちになっていた。あのパチンコの仲間が家族のように過ごした時間は、本当はなかったような気がしたからだ。

ダンナの誕生日は、雑誌の取材の日だった。担当編集者からそれを聞いた料理家の高山なおみさんが、誕生日のケーキをつくりたいと思い立ち、その場で砂糖を買いに走ってくれたそうだ。担当の女性が、それを大事に神戸まで持ってきてくれた。リンゴのパウンドケーキだった。

十一年前の誕生日の、その二日後にダンナは脳内出血で救急車で運ばれた。あの時、まさか高山さんのケーキで誕生日を祝う日が来るとは、思ってもみなかった。訪問看護師さんから誕生日カード、担当編集者やドラマのスタッフからプレゼントをもらった。思えば、あの時は思いもしなかった人たちと付き合いができて、今にいたっている。結婚式の新郎の父の挨拶ではないが、なんだかんだ言いながらこうやって無事にやってこられたのは、ダンナの脳内出血のおかげなのかもしれない。そうでなければ、私は迷子のように、今もふらふら歩いていたんじゃないだろうかと思う。

外で仕事をしていると、夕方、早く帰ってこいとダンナから電話が入る。なんでこんな時にと思いながら、買い物をして家に向かう。今のところ、私には帰る家がある。

（神戸新聞　2015・11・1）

耐え忍ぶ

ＮＨＫのＢＳプレミアムで放送中の「刑事フォイル」というドラマにはまっている。第二次世界大戦中のイギリスが舞台の推理ドラマなのだが、主人公の初老のフォイル刑事が、なんかかっこいいのである。

ナチスから国民を守るという大義と、市井《しせい》の人々のささやかな暮らしを守るという自分の職務が、時に矛盾して、主人公の前に立ちはだかる。そのたびに、フォイル刑事は、ぐっと耐えたような顔で、多くは語らず、全てを飲み込む。彼はため息さえつかない。大量の煙草や酒でまぎらわすこともない。気晴らしは、古い友人との渓流釣りで、もちろん互いに愚痴ったりなんかせず、ユーモアある会話で和むぐらいである。今は、こんなダンディズム、笑われるだけなのだろうか。

若い頃、私はダメなＯＬで、調査室という、リストラ直前のおじさんたちを集めた部屋に押し込められていた。昔の会社は、今のように直接リストラを言い渡すことはなかった。仕事を与えず、会社に居づらくして、自主退職させようというやり方だった。その頃、私は会社で、毎日本を二冊ずつ読んでいた。読んでいても怒られなかった。怒るべき上司自身もやるべき仕事を与えられてなかったからである。

そんな私を拾ってくれたのが、子会社を立ち上げたばかりの社長だった。私が描いた

ポスターを見て、こんな子を、こんな部屋で腐らせてはいけないと思ってくれたらしい。私は、その子会社に出向してから、とてもよく働いた。夜の十一時ごろまで残業し、できなければ家に持ち帰り、言われた仕事を言われた以上にやってのけた。そのかわり、よくさぼりもした。銀行の帰りにワッフルを食べに行ったり、三越百貨店の地下で菱形コロッケを買うために並んだりして、しばし行方不明になっても社長は怒らなかった。ボーナスの査定は、いつも最高をつけてくれていた。一体、私の何をそんなに気に入ってくれたのか、そのときの私はよくわかっていなかった。

親会社や得意先に無理を言われたとき、社長は「おい、鉄砲を買いにゆくぞ」と言って、部下を連れてオフィスを出てゆく。大阪・北新地のクラブかスナックでうさ晴らしをするのだろう。私は、味のわかるヤツだと見込まれていたらしく、一流のすし屋や天ぷら屋によく連れて行ってもらった。お客さんからもらったお菓子を見せると、社長は味のわからんヤツらに食わせるのは惜しいと言って、こっそり二人で一箱食べてしまったこともある。

今になるとよくわかる。自分がうまいと思うものを、同じようにうまいと言ってくれると、単純に嬉しいものだ。私が夢中になって食べている姿は、社長にとっては和む時間だったのかもしれない。社長が何を言われ、何に耐え忍んでいたのか、私にはわからなかったが、いつも何かを抱えているのは知っていた。それは来期の決済であり、得意

先の心変わりであり、部下の行く末だったりしたのだろう。

社長の「鉄砲を買いにゆくぞ」は、やがて「鉄砲をつくるぞ」になっていった。よほど撃ちたい人がいたのだろう。もう三十年も前の話なので、社長が撃たなくても、たぶんその人たちは、すでに亡くなっているはずである。当の社長自身もすでに亡くなって、この世の人ではない。ほっといても人は死ぬのだから、本当に人を撃つ必要などないのである。「鉄砲を買いにゆくぞ」と言って、うまいものを食べに行くという方法もあるのだから。できれば気の合う人と一緒に。

フォイル刑事には部下がいる。サムという若い女性の運転手と、脚の悪い頭脳明晰の男性で、回を重ねるごとに、三人は信頼関係を築いてゆく。耐え忍ぶフォイル刑事を見ていても、明るい気持ちで見ていられるのは、この二人の部下のおかげだろう。上司と部下の掛け合いは、とぼけていて呑気だ。

人は独りぼっちだと、耐えきれなくなって、本当に人を撃ってしまう。取り返しのつかない場所は、いつも側にある。

（神戸新聞　２０１５・12・６）

火を灯す

昔、両親と私と妹一家とで淡路島へ遊びに行ったことがある。子供を含めて八人と、大所帯の移動だった。ちょうど父の誕生日だったので、旅館にケーキを持ち込み、みんなでお祝いすることになった。ケーキにローソクを立て、さぁという時、誰もライターを持っていないことに気がついた。父も義弟も、タバコをやめていたのだ。ローソクに火がつかないことに、全員が失望した。諦めきれず、あるわけがないのに部屋中を探したりした。火をつけたとしても、すぐに吹き消してしまうのに、みんな真剣だった。結局、どうしたか忘れてしまったが、あの時、なぜみんな、あんなにローソクの火が見たかったのだろう。

誰が言ったのか忘れたが、人が食後に暖炉の火を囲むのは、動くものを見たいからだそうだ。暖炉のチロチロと揺れる炎がそうらしい。暖炉がなくなってしまったので、炎の代わりにテレビを見るようになったと、その人は言う。普及し始めたテレビに熱狂する人々への皮肉だと思うが、ほんの数十年前までは、家族は火を見て夜を過ごしていたのかと驚く。

そういえば、昔はちょっとした台風ですぐに停電になった。太いローソクを用意していて、テレビや蛍光灯が消えてしまうと、子供たちはそのローソクの火のまわりに集ま

った。まだ寝るには早い時間だと、炎を見ながら父がボソボソと低い声で何やら語りだす。怖い話だったり、おもしろい話だったり、ローソクの炎に照らされた父は、ここぞとばかりに大げさな身ぶり手ぶりで、動く度に壁の影が揺れ動く。なぜか私は、いつもより素直になって、父の話に聞き入った。

炎は不思議と人の気持ちを落ちつかせる。子供の頃は、家の用事を言いつけられるのが嫌で逃げ回っていたが、風呂を沸かすのは好きだった。まだガスは通ってなく、薪《まき》で沸かしていた。最初は丸めた新聞紙に火をつけて、細く割った廃材をくべてゆく。私は、火の世話をしながら、よく本を読んだ。火の粉から大事な本を守りながら。それは、なんだか満ち足りた気持ちの時間だった。

私はタバコを吸わない。においも煙も大嫌いだが、誰かがタバコの火を借りたりしているのを見るのは好きだ。風の強い日に、路上でサラリーマンが二人、片方が鞄などを楯にしながら、もう一方に真剣にタバコに火をつけてやっているのを見るのは、何かいいなぁと思う。オリンピックの聖火のようである。誰のものでもないものがまだこの世にはあって、それをやり取りしているのは、ちょっと厳《おごそ》かな気持ちになる。

タバコをやめられないという人は、ニコチンのせいだけではないのかもしれない。もしかしたら、日常の中で火を使ってみたいだけなのではないか。火は危険である。私たちは、手に負えないものだということをよく知っている。でも、心が波うった時、揺れ

る炎を見つめると、それだけで落ちついたりする、ということも知っている。

今は、タバコを吸わない人が増えて、火気厳禁の場所が多くなった。うちのマンションも、電気ガス以外の暖房器具は禁止である。ガスの炎は、部屋の中では一切見えず、タッチするだけでついたり消えたりするシステムだ。唯一炎が見えるのは、料理用コンロだけである。それだって、IH調理器のように炎が見えないものになってしまうだろう。外出先でトイレに入れば、ここでタバコを吸うと火災報知器が鳴りますという警告文が貼られている。気がつけば、どんどん火を使う場所が制限されていっている気がする。私たちの生活はコントロールされてゆく。いずれ、火は、私たちのものではなくなってしまうのだろうか。

一月十七日、震災の鎮魂のためにローソクの火が灯る。誰のものでもない、コントロールできないものに、私たちの心はうち震え、ひとつになり、自分の無力を素直に受け止め、慰められる。


（神戸新聞　2016・1・10）

待つ

待つのがイヤだ、という人が増えているような気がする。スーパーのレジで長い列に並んでいると、私の前の年配の女性がやたら前方を気にしていた。レジが二つあるので、前のレジに並んだ方が早いのではないかと決断したのだろう。列を外れてそちらのレジに行く。が、店員に元の列に並んでくださいと言われて戻ってきた。慣れていないので、システムがよくわかっていなかったのだ。ところが、彼女は元の場所より二人も前にちゃっかり割り込んだのである。割り込まれた若い女性に文句を言われ、不服そうに年配の女性は一つ下がった。それでも、元の場所ではなかったが、その後ろの人は文句を言う人ではなかったので、年配の女性はそこにとどまった。

二つあるレジの空《あ》いた方へ、一列に並んでいる客は流れてゆく。年配の女性の番が来た。彼女は、相当イライラしていたのだろう、店員に文句を言い始めた。そんなことをしたら、よけいに遅くなるのにと思っていたら、案の定、後ろの人が前のレジに行き、さっさと支払いをすませて帰ってゆく。年配の女性は、そのことが頭にきたらしく、店員に向かって、あんたたちがさっさとしないから追い抜かれたじゃないのと、また怒りだした。

それを一部始終見ていた私は、「いやいや、あなたはもともと、あの人より後ろに並

んでいたんですよ。割り込みしたあなたに文句を言う権利はない」と教えてあげた。年配の女性は、まさか何の関わりもない私がしゃべり出すとは思っていなかったらしく、仰天して私を見た。そして、私にではなく、店員に向かって「あんたらのせいで怒られた」となおも文句を言う。私が「いい年をしているんだから、自分の感情ぐらい自分で処理しましょうよ」と言うと、彼女は店員に「なんで私がこんなバカにされなきゃいけないのよ」と怒りながら訴えた。訴えるなら私にである。店員にではない。この女性は、自分より立場の弱い人間にしかしゃべらないと決めているようであった。

この女性は、自分がどこに並んでいたのかもわかっておらず、正しい場所に戻ることができなかった。それは、まわりを何も見ていないということだろう。自分がよく知っているところだけで生きてきたのだろうか。でも、その人には見えてなくても、外には世界があって、自分は見られているのである。彼女には、そのことを自覚するチャンスが、今まで一度もなかったのかもしれない。彼女から見れば、突然話しかけてきた私は、自分とは住む世界が違う、コトバの通じない鬼のように思えたのかもしれない。

私は、節分が好きである。特に好きなのが神戸・長田《ながた》神社の鬼追いで、太鼓とほら貝の単調なリズムの中、鬼たちが松明《たいまつ》の火を持って神社のまわりをぐるぐる踊ってゆく。テレビやネットで刺激的な映像をいつでも見られる今の人たちには、この儀式は退屈にしか見えないだろうなと思う。鬼は同じ踊りでほんの少ししか進まないからだ。まわる

たびに鬼の数は増えてゆくのだが、全部を見ようと思うと、寒い中、何時間も立ちっぱなしで見なければならない。でも辛抱して最後まで見ていると、最後の最後に鬼が餅を割る。そして、今までのゆっくりした動作がウソのような素早さで鬼は逃げてゆくのである。私は、それを見ると、「春が来た」と理屈抜きで感じる。長い時間待たなければ、たぶんその感じはわからないだろう。

参道にある店で巻き寿司とういろうを買い、家に帰って神社で買った豆を掃除しやすいようにそっとまき、鬼が持っていた松明の燃えかすを玄関に吊るす。まだ湯たんぽは離せないけど、心は春だぁと満足しながら寝床につき、うちの節分は終わる。

我慢していると、いつの間にか春がやってくる。私よりもっと大きな存在がこの世にはあって、それが春が来たよと教えてくれる。待つのは悪いことではない。待たなければわからないこともある。

（神戸新聞　2016・2・7）

出会う

何かのCMだったと思う。「容量は無限大」とテレビから聞こえてきて、それって本

当にいいことなのかと考え込んでしまった。

無限大にためこんだ中から、必要なものを取り出すという作業。そのことを考えると、めまいがする。そんな中から、今の自分にぴったりのものを、はたして探し出せるのだろうか。検索をかければ簡単じゃないですか、と若い人に言われそうだが、そうすると、検索しやすいものしか上がってこないんじゃないかと思ってしまう。たとえば、膨大にある書籍の中から、自分にぴったりの本を探したいとき、何かのランキングを参考にしたり、雑誌の書評やネットのレビュー、「いいね！」の数で判断したりするしかないのではないか。無限大にある、ということは選び放題というように聞こえるが、実は数が多すぎて選べないということではないか。結局、その分野に詳しい人に何パターンか分類してもらい、その中から選んでいるだけのような気がする。もしかすると、無限大は、ちっとも豊かではないんじゃないか、と思ったのである。

今、『恋愛しない若者たち』（ディスカヴァー携書）という本が売れているそうである。そのタイトルの通り、今の若い人たちは、恋愛はリスクが高く、お金のかかる面倒なものと思っているらしい。彼氏彼女のいない二十代の四割が、恋人なんていらないと考えているという。それを聞いた大人たちは、そんなバカなと声を上げるが、私にはそんな人たちの気持ちがよくわかる。

我々が若い頃は、恋愛したいがために車を買ったり、デートのための服を新調したり

した。有名レストランを調べて予約し、プレゼントを奮発し、会う時間をひねりだす。自分で背伸びしているとわかりつつ、何とかやりくりしたものである。全員が、愛する人さえ見つければ、ぱっとしない今の生活から脱却できると信じていたからだ。恋愛は結婚へと続く、明るい未来の入り口だと思い込んでいた。

結婚がリスキーなのは、今も昔も同じである。その後にあるのは、子育てだったり、人並みの暮らしを維持することだったり、親の介護だったり、そんな面倒なことばかりだ。恋愛にキャアキャア言っていた私たちも、先にそんなものが控えているのは薄々わかっていた。わかっていたけれど避けることなんかできなかった。OLとして数年勤めて、結婚退社して子供を産む。普通の女の子には、それしか道が用意されていなかったからだ。それは男性も同じで、結婚しなければ一人前とはみなされず、結婚してしまえば会社からは時間を、家からはお金をしぼり取られる。若者が、そんなリスキーな結婚に飛び込むためには、「今なら何だってやれる」と思えるほどの高揚感が必要だった。恋愛とは、そのためのものだったと思う。

今の若い人たちには、それがクリアに見えているのだろう。不況でお金も回ってこない。なのに、そんなリスキーな結婚のための消費を押しつけられても、何だかなぁと思うのは当たり前である。恋愛がなくなってしまったという話ではないと思う。夢のような場所にある恋愛はゲームや物語の中のもので、自分たちとは無縁と思っているのだ。

ネットを使えば、世界の人とつながっていて、それこそ人との出会いは無限大だ。だから今の人は、自分にぴったりの人と出会いにくくなっているのではないか。選択肢が多すぎて、自分で選ぶことができず、だから誰が見てもいいと思う彼氏や彼女を見つけようとやっきになる。みんな、パートナーをランキングで選ぼうとしている。

自分にぴったりの本は、案外、すぐ見つかる。頭から拒まず、受け入れてゆくうちに、自分の好き嫌いがわかってゆき、やがてこれぞというのに出くわす。容量は無限大。私たちは選び放題の中にいる。それは、つまり、自分で手さぐりで探してみろということだ。

（神戸新聞　2016・3・6）

値札

世はペットブームである。女性タレントが、うちのティーカッププードルは二百四十万円だと言うのを聞いて、唸《うな》ってしまった。犬に二百四十万。家人から浪費が過ぎると怒られる私だが、そんなお金の遣い方はできそうもない。身も蓋もない言い方だが、明日死んでしまうかもしれない犬に、そんな大金は払えないと思うからだ。そんな時のた

めに保証してくれる制度があるらしいよ、と教えてくれる人がいた。買った後に亡くなってしまった場合、ある一定期間なら返金してくれるシステムがあるそうだ。動かなくなったら、お金はお返ししますということらしい。まるで家電みたいである。

うちの近所にもペットショップができた。今住んでいるマンションは犬猫禁止なので、見るだけと思って立ち寄るのだが、どれもバカ高い。クリスマス前が売り時だったらしく、耳の折れたミルクティー色の可愛い子猫が四十五万円だった。それがクリスマス直前になると、四十万円になった。年が明けると三十五万円と、おもしろいように値段が下がってゆく。その猫は同じ月に生まれた他の子猫より発育がよく、それに反比例するかのようにディスカウントされてゆく。二十六万円になった時、走り回る他の子猫の倍ぐらいの大きさになっていた。三月なかば、突然、その子猫はいなくなり、代わりに同じ種類の生まれたばかりの子猫が入っていて、五十五万円の値段がつけられていた。二十六万円の子猫が売れたとは思えなかった。新しいのと入れ違いに行き先が決まるなんて、段取りが良すぎるからだ。期末なので、おそらく返品されてしまったのだろう。

お金は正直だ。みんなが欲しがる物は高くなり、欲しくない物は安くなる。安くしても買ってくれない物は、置いている場所代さえもったいないからと処分されてしまう。本の場合、店に送っても梱包も開けずにそのまま返品なんていうこともあるらしい。映画もおもしろくなければ短期間で打ち切られてしまう。閉店間際の生鮮売り場は、どれ

もこれも半額である。犬や猫だって例外ではないのだ。学校で命の授業なんてやっているくせに、今の経済のシステムは、情け容赦なく命だろうが値段をつけて、他の物と同じように消費してゆく。犬や猫だけではない。私たち人間もすでにそんなふうに扱われることに慣れてしまっている。テレビでレギュラーとして毎週出演してきた人が、突然「卒業」というコトバと共に消えてゆく。コンビニのお弁当みたいに、古いのは人目につかぬよう捨てて、新しいのに替えてゆく。なるべくスムーズに、目立たぬように、気持ちよく。

お金は正直な物差しなので、価値がある物から、価値がない物へ、細かくランク付けしてくれる。そんなシステムの中で生きていると、子供が誰からも愛される人間にならねばと思うのは当然である。大人は、組織の中で価値のある人間でありたいと願うだろう。老人は、人に迷惑をかけない人間でありたいと。そして、そこから少しでもずれてしまったら、自分の価値はどんどん下がってゆく、と私たちは思い込んでいる。あげくのはて、自分なんて生きる価値などないと思い込んだりする。本当にそうだろうか。

私たちは、何をそんなに恐れているのだろう。ランク外になるということは、惨めな人間に成り下がることではない。人間らしい人間に戻ることではないか。ブリーダーに返されたミルクティー色の子猫は、値札を外されて、ようやく猫らしく生きているかもしれない。

生まれ落ちて、どういう人生を送るのか、まるでわからない、というのが命を持つものの定めである。ティーカッププードルの飼い主は、二百四十万円は私にとって全然高くないんですと言っていた。あなたにとってはそうかもしれないが、死ぬまで二百四十万円の犬として生きねばならないプードルに、私は深く同情する。

（神戸新聞　2016・4・3）

写真

父は、ある軽やかな曲を聴くと必ず顔をしかめた。それは朝ドラの主題曲で、ガンで入院していたとき、そのドラマを観ていたという。病室での痛みを、歌を聴いただけで、リアルに思い出すのだそうだ。

たいていの記憶は遠くへ押し流されてしまうものなのに、なぜかそこだけ鮮やかにとどまっているものがある。ダンナは、脳内出血で入院中、何も食べさせてもらえなかった。私が病室へ行くとダンナの目の前にティッシュペーパーが一枚敷いてあって、その上に串に刺したジャガイモのフライが一本置いてあった。同室の人からのおすそ分けだった。その人は夜に来て、朝に帰ってしまうので、私のためにその串イモを置いてくれ

ていたのだ。何も食べられないダンナは、その串イモをずいぶん長い間見せられて、恨みに思っていたらしい。何でも食べられるようになったダンナは、十年経った今でも、串イモには目がない。

そのダンナが、今度はチクワに執着し始めた。先日、老人福祉施設にショートステイでお世話になったのだが、そこのお婆さんが、「チクワって、おいしいもんやなぁ」とうまそうに食べていたそうである。職員さんに、ボクにもあれを下さいと言ったら、個人の持ち込み品ですと言われたらしい。帰ってきたダンナは、冷蔵庫にあったチクワをわしわしと犬のように噛みしめながら、初めてチクワを食べた人のように、しみじみと「チクワ、おいしいなぁ」と言う。

そういえば、私も、ホットケーキとソフトクリームには弱い。子供の頃、それは百貨店でしか食べられないものだったからだ。ぴったりと紙ナプキンに巻かれたナイフとフォークや、シロップの入った小さな取っ手のついた容器、ソフトクリームを立てる金属の台はピカピカと輝いていて、それらが目の前に運ばれてくると心が躍ったものである。デジタルカメラなんてなかったけれど、今でもその風景を頭の中からいつでも取り出せる。

カメラを触るようになったのは、ＯＬになってからだ。たぶん、ネパール旅行のときに初めて自分用に買ったのではないか。それからいくつも買い替えたが、どれも愛着は

なく知らぬまになくなってしまった。私には、写真の才能はないようである。「いいな」と思った瞬間、すでにシャッターチャンスは何秒か過ぎてしまっていて、うまく撮れたためしがない。カメラを向けている間に、もっといいことを見逃してしまいそうな気がしてならない。私は、自分の頭のカメラの方を信じているのかもしれない。

それなのに、このエッセイの連載を始めるとき、写真を撮ることになってしまった。私は下手なので無理ですと断ったのだが、担当の記者は、今のカメラはすごいですよぉ、誰でもうまく撮れますよ、お貸ししますからと言う。そんなにいいカメラがあるのかと、教えてもらった機種を買い、毎月撮り続けて数年経つのだが、うまくなる気配はない。

それでも、そのカメラで、部屋の中の様子や夕食や結婚式やダンナ、もらった花束なんかを、気が向いたときだけ撮っていた。先日、何も思い当たることがないのだが、その写真のデータを保存したカードが読み取り不能になってしまった。もう一枚あるカードの方は、入れていた容器が割れてしまったのに全く無傷だった。どういう仕組みになっているのか、不思議である。

数年撮りためた写真は消えてしまったわけだが、なぜか惜しいとか、悲しいとかはない。そのカメラで撮ったものは、私の頭に全部残っていて、いつでも取り出せるからだ。

そうか、撮るということは、そういうことなのかと思う。写真は残すために撮るのではなく、そのとき、心が動いたから撮るのだ。私は見たままを完璧に残すことができず、

写真が苦手だと思っていたのだ。ちゃんと心に残っているのなら、完璧なんか必要ないのかもしれない。写真、もう少し撮ってみよう。

（神戸新聞　2016・5・8）

時は流れる

家を出て、しばらくして腕時計をしていないことに気づいた。ケータイを持っておらず、そうなると、時間がわからないということがとても不安になる。いっそ時計を買ってしまおうかと考える。そういえば、これまでのこのエッセイをまとめた単行本『木皿食堂』が双葉文庫になって、先月から本屋に並んでいる。その印税のことを思って、気持ちが少し大きくなる。

店に入って目についたのは、塩化ビニールのような材質で文字盤も針もない、グレーのリストバンドのようなもの。横にあるボタンを押すと、のっぺりしたグレーの表面に時間を指した文字盤が浮かび上がる。浮かび上がったと思ったら、十秒も経たないうちにそれは消え、元の素っ気ない塩化ビニールに戻ってしまう。そこにとどまっていないのがいい。時間とは、本来そういうものだろう。私たちは平気で、いついつまでにこれ

をしてくださいなどと言ったりするが、そのいついつまでが本当にあるのか、誰も保証できない。

子供の頃、家に昭和史をつづった写真集があって、その中にあった原爆の写真が、私はとても怖かった。黒く焼けた子供が、ゴロンとあおむけになっていて、手足は何かを求めるように天に向けられているのだが、その手先と足先は崩れ落ちてなくなっていた。誰かの意図があってこんなことになったというのが、怖かった。甘食がつぶれないように、そっと紙袋に入れてくれるパン屋のおばさんや、腕にポパイみたいな錨《いかり》の彫り物をしていた陽気な魚屋の兄ちゃんが、そんなひどいことをするとは思えなかった。でも、そんな人たちの家にも、あんな写真集があるのだと私は思った。あのページを開かなくても、あの本を焼き捨てても、あの怖さはずっとあり続けるに違いなく、そのことがただただ怖かった。

シナリオライターの学校に入って、初めて習作の脚本を書いた。『藍妻物語』という藍染めの魅力に取りつかれた主人公とその妻の話だ。私は藍染めをさせてくれるところを探し、徳島まで出かけた。それは素人のための体験コースで、いろいろな職業の人たちが来ていた。みんな、私より年上だったが、すぐに仲良くなり打ち解けた。夫婦で画家をしているという年配の女性がいた。広島から来たと言う。広島と聞いた誰かが「じゃあ、大変な目に遭われたんじゃないですか？」と聞くと、その年配の女性は断ち切る

ように「ああ、そのことはね、話したくないの」と言った。口調はおだやかなのに、あんなに重いコトバを受け取ったのは初めてだった。戦争が終わってすでに三十五年、一九八〇年代に突入した日本は物であふれはじめていた。なのに、この女性の中ではまだ何も終わっていないのだ。それがどれぐらい大変なことなのか。もう終わったこととして話している私たちは、どれほど暢気で無神経か。話しても話しても、わかちあえない惨めさや苦しさやり切れなさ。家族や友人や近所の人が、どんなふうに亡くなっていったのか、身に染みついてしまった恐怖や不安。それらが、説明されるよりも痛く伝わってきて、私は黙ってしまった。

先日、アメリカ大統領が広島を訪問した。被爆者代表の高齢の男性とオバマさんが抱き合っているのをテレビで見たとき、私は泣けてしかたなかった。「話したくないの」と言ったあの女性は、この映像を見ただろうか。あの人の中に、小さな希望の火が灯ってくれればいいのにと、心の底から思う。そして、子供の頃から消えない私の不安。この世界は、誰かに簡単に焼き尽くされてしまうかもしれない、という不安がきれいさっぱりなくなってしまえばいいのに。

買ったばかりののっぺりとした時計のボタンを押すと時間があらわれ、消えてゆく。時間は進むのではなく、今、ここにあると告げている。残り時間を確認するには適していない時計だと思う。まっいいか。リミットがいつまでかなんて知りたくない。その時

その時を機嫌よく生きてやる。

（神戸新聞　2016・6・5）

人の親切

短大のとき、ほとんど現金を持っていなかった。学校は京都の山の中にあったので、お金を遣うのは自販機のココア七十円と、購買部で買う画材ぐらいだった。西宮《にしのみや》から京都まで阪急電車で通っていた。

ある日、二人掛けのシートの隣に旅行中のおじいさんが座っていて、秋田から来たと言う。この後、JRの京都駅へ行きたいと言うので、だったら烏丸《からすま》駅で降りてバスに乗った方がいいと教えてあげた。旅の途中で親切にされたことに感激したおじいさんは、カバンから福岡で買ったらしい饅頭《まんじゅう》の包みを取り出し、私にくれた。その頃のおこづかい帳を見ると、下宿している友人に二十円貸したとか、十円返してもらったとか、実にいじましい。そんなときにもらった饅頭は、ずっしりとしていて、とてもありがたかった。

それに見合うほどの親切はしていないと思った私は、プラットホームでいったんはぐ

れてしまったおじいさんを、改札口で待った。地下道はわかりにくい。バス停まで連れてゆかねばと思ったからだ。おじいさんは、待っていた私を見つけ、とても驚いたふうだった。そして、年寄りとは思えない素早さで、私のダッフルコートのポケットに千円札をぎゅっと押し込んだ。いやいやとあわてる私の手を、おじいさんは「ノートでも買いなさい」と押さえた。千円もらった私は、地上へ案内し、ちょうど来たバスに乗せ、手を振った。反対車線から私の乗るべきバスが来ていたが、間に合いそうもなかった。それをのがすと一時間待たねばならず、授業は遅刻になる。私が停留所にたどりつくと、バスはすでに出発していて、交差点で停車していた。運転手は、息を切らす私が終点にある短大の学生だとわかったのだろう、なんとドアを開けて乗せてくれた。たぶん規約違反だと思うのだが、ありがたかった。人に親切にすると、人に親切にされるわけで、奇跡というコトバを聞くと、私はこのときの情景を思い出す。

学校で饅頭の包みを開き、みんなであっという間に食べてしまった。みんな、人を信用していた。その年、何者かが自販機に青酸入りのコーラを置き去りにするという衝撃的な事件が起こった。動機がなく、誰でもいいという殺人事件など、まだなかった時代である。

厳しく管理されてつくられた商品ですら、誰かの悪意が入り込み、異物混入だと回収されたりする。人を信用するのは、とんでもなく難しくなってしまった。でも、それで

も人を信じたいと思うところに、奇跡は生まれてくるような気がする。

カフェでこの原稿を書いていたら、お店のお姉さんが私にお菓子を持ってきてくれた。注文した覚えはない。さっきいた女性のお客さんからですと言う。と言われても、私は覚えていない。時々、ファンですと声をかけられるから、そんな中の一人なのか。お姉さんは、あわてて、うちの店のものですから大丈夫です、怪しいものじゃないですからと言う。私は、疑うような目をしていたらしい。

もらったクルミのお菓子を食べた。人の親切を食べていると、こんな時代だからこそなのか、心の底から力がわいてくる気がする。奇跡って、きっとこんな感じで起こってるんじゃないだろうか。思いもよらない場所で、じわじわと、ひっそり人知れず。

（神戸新聞　２０１６・７・３）

見えないモノ

電車に乗っていると、二人のおばさんが何やらコソコソ話している。「ほら、あの人」と言うと、もう一人が重々しくうなずく。二人は新興宗教の集まりの帰りかもしれない。そこで何を教えられたのか知らないが、乗客を指して「な、ついてるやろ」「う

ん、ついてる」などと、二人だけにしかわからない話をしている。やがて、何かの魔よけなのだろうか、宙に向かって手先を振りはじめた。二人は大まじめだった。

目に見えなくても、あると思えばあるのだろう。近所の神社の鳥居の前は、スマートフォン向けゲーム「ポケモンＧＯ」が配信された日から、突然多くの人が集まる場所になった。ほとんどがしゃべらず、しゃがんだり、何かによりかかったり、あるいは立ったまま、不自然に首を曲げてスマホに集中しているのは、ゲームをやらない者から見ると異様な光景である。

知人の話によると、この場所は「ジム」と呼ばれるスポットがあるらしく、自分の持っているポケモンを戦わせることができるらしい。あんなに静かなのに、みんな戦っていたんだと、ちょっと驚く。本人たちは、それぞれゲームとはいえ真剣にバトルを繰り広げていたわけである。ポケモンを集めるのはタダらしいのだが、ゲーム内で使う一部の道具などを手に入れるには、お金がかかるシステムであるらしい。チャリンという音もなく、それぞれがお金を払っていて、その見えないお金は、このシステムにかかわっている人たちに、すみやかに分配されてゆくのだろう。

何もいまさら驚くことではない。目に見えないだけで、たとえば銀行の残高がデジタル表示されたなら、ものすごいスピードで目まぐるしく増えたり減ったりしているわけで、今、ほとんどのものが数字に変換され、中には実体のないものもあるが、あるとい

う共通認識だけであることになり、それで世界は動いている。

若い頃に読んだ海外の少女小説に、主人公が詩を隠れて読むシーンがあった。当時、そんなものを読んで泣くのは、罪悪であったらしく、禁止されていたのだ。フィクションは人の心を惑わせる。神以外に、心を揺さぶるものが出てきては、今までの規範は守れなくなるということだろう。それは、ある意味正しかったのかもしれない。人の心は最高のものもつくれるが、最悪のものもつくれるわけで、それを野放しにしてはいけない、と当時の人は考えたのだ。時間が経ち、そんな規範から自由になった我々の社会は、フィクションと現実の境がなくなりつつある。本当は頭の中にとどめておくべき妄想は、たとえそれが凶悪犯罪であろうと、ゲームのように軽々と実行されてしまう。

小学校に上がる前だったと思う。ぼんやり商店街をながめていた私は、突然、ここを歩いている人たちは、みんな自分と同じように頭の中でいろいろなことを考えているのだと気づき、呆然とした。自分の頭の中でさえ、手に負えないぐらい膨大な量の考えがあるのに、それが地球上全ての人の頭の中で、そんなものがぐるぐるめぐっているのである。私は気を失いそうになった。

半世紀後、まさかその自分が、頭からつくり出した実体のないもので商売するようになるとは思いもしなかった。そして、お金をかせいだり支払ったりするのが、単なる数字の移動になるなんて思ってもみなかった。神社の前にポケモンめあてで集まる人たち

を見ていると、目に見えない何かが膨大に動いているような気がして、子供の頃の目まいがよみがえる。
我々の頭の中は、自分が思っている以上にわけのわからない、もしかしたら奥深いジャングルのようなものではないのか。底知れぬ凶暴さや、底抜けの優しさが、あちこちに潜んでいる。それが、ワンクッション置くことなく、そのまま指先から流れ出し、現実社会に直結してゆく。そして知らず知らず、加害者になったり被害者になったりする。私たちは、本当に大丈夫なのだろうか。

(神戸新聞　2016・8・7)

Tシャツ

カエルが二匹、バンザイをしているTシャツを見つけた。鳥獣戯画のようなカエルが刺繍されていて、その姿はユーモラスである。Tシャツの背中はさらに手が込んでいて、カエルの他に飛行機が二機、これも刺繍だった。生地もしっかりしていて、こんなに丁寧な仕事をしているのに、セール中ということで税込み四千九百円だった。店のオバサンに、この手が一番よく売れたんですよとすすめられ、私とダンナの分、二枚を買って

帰った。

家で広げてよく見ると、飛行機はゼロ戦らしき戦闘機で、そこに英語で「世界を変えよ。あなたの手を上げ、バンザイと叫ぼう」と書かれている。カエルがバンザイしている背景は日の丸で、その上にローマ字でニッポンと赤く刺繍されている。まさか、こんなところにナショナリズムと思われるメッセージが書かれているとは思わなかったので驚いた。

私の学生時代は一九七〇年代だった。ヒッピー文化が日本にも流れ込み、ジーパンやTシャツが一般的なものになったのはこの時期である。なので、Tシャツに書かれていたメッセージはラブ&ピースだった。私にとって、Tシャツは反戦というイメージが強かったので、そうか、こんな真逆なものもあるんだと、いまさらながら気がついた。

うちは、時代の流れに逆らうようにナショナリズム家族だった。本棚には戦闘記、レコードは軍歌。父は左翼というものが大嫌いだったので、一度、その理由を聞いたことがある。戦争中、満州(現中国東北部)にいた父は南下してきたソ連軍に収容所に連行され、そこで共産主義の教育を受けたらしい。が、そのときの生活があまりにも過酷すぎたせいで、共産主義と聞くと、その頃を思い出し、無条件に怒りがこみ上げてくるそうである。父の場合、思想というより怨念である。

しかし、それは父が言うほど強固なものではなかったらしい。大阪万博のとき、どこ

も長蛇の列だった。パビリオンでバッジを配ったりしていたが、人がわっと群がり、手に入れるのは至難の業だった。ソ連館は人気で、群がる日本人にロシア人が袋から、ひとつひとつ時間をかけて、もったいをつけながらバッジを配っていた。あんなにソ連を憎んでいた父もそのバッジが欲しかったのだろう、知っているロシア語をありったけ並べてみせると、そのロシア人が大感激して、手に持っていた大量にバッジの入った袋を、そのまま父に渡し、何十年来の友人のように熱く握手を交わしたそうである。父はその場にいた人たちにバッジを配り、意気揚々と帰ってきた。

思想と呼ばれるものは、何ものにも影響されないものだと思い込んでいたが、案外、そのときの快、不快で左右されてしまうものなのかもしれない。あるいは、よく考えず、そのときの誰かの考えに、ただ気持ちがいいというだけで乗っかって、そのまま流されてしまうこともあるだろう。

河川敷で十代の若者たちが仲間を殺した事件で、これだけ人数がいて誰も止められなかったのかと言うが、転がりはじめた石を止めるのは、ものすごいエネルギーのいることである。私だって渦中にいたら、無理だったかもしれない。ならば、そうならないよう注意深く避けて生きるしかない。

世の中は自由な分、落とし穴でいっぱいだ。私のように、気がつけば自分の主義と違う服を買ってしまうこともある。私はカエルが好きで買っただけだが、思いのほか着心

地がよく気に入るかもしれない。同じ服を着た人が寄ってきて、気がつけばその人たちの考えに賛同して行動することもあり得るのである。私たちは、不愉快なものを遠ざけ、快いものばかりを選ぶのに慣れてしまっているから、簡単に流されてしまうだろう。

表現も自由だし、それを選ぶのも自由だ。自分の考えを強く持っていない限り、気がつけば誰かを傷つける、あるいは傷つけられる、ということになっているかもしれない。

（神戸新聞　2016・9・4）

謝罪

ダンナが今度散髪をするときは五厘《りん》刈りにする、とずっと言い続けていたが、私は本気にしていなかった。五厘刈りというのは、ほとんど毛のない状態で、僧侶のような頭になってしまう。絶対にイヤだと私は反対したが、本人の意志は固く、結局お坊さんのようになってしまった。

汗をかくと、頭がぬめぬめして気持ち悪い。触るとウロコのない魚みたいな感じである。こんな頭じゃ介護できないと、イヤミを言い続けていたら、ダンナはとうとう「丸

刈りにしてすみませんでした。もう二度といたしません」と謝った。五厘刈りは、こだわりというより、一度やってみたかっただけらしい。まさか、私が本当に嫌がっているとは思っていなかったのだと言う。お坊さんのような頭を下げられると、条件反射的にしょうがないなぁと思ってしまうのはなぜだろう。

不祥事を起こした女性アイドルが丸刈りになって、欧米の人たちから非難をあびたことがあった。戦後、ナチスの女だったということで、見せしめに頭を刈られるということがあって、女性の丸刈りはあまりいいイメージはないのだという。髪は、私などが思っている以上に特別の意味合いがあるのかもしれない。

考えてみれば、髪は自分の思うようにはなってくれない。伸びるなと思っても伸びるし、生えてくれと必死に願っても、都合よく生えてくれない。自分の体なのに、自分の意志が届かないものなのである。心臓などの臓器もそうなのだが、目に見える形で、どうにもならないモノがある、というのは人の暮らしが洗練されてゆくと、我慢ならないのではないか。切ったり、結ったり、癖をつけたり、剃ったり。とにかく自分の思い通りにしたい。髪などはまだ良い方で、体毛は脇に生えているという理由だけで、脱毛されて永遠に生えないようにされたりする。

自分の意志にかかわらず生えてくるものを放置していると、そこに取り込まれてしまうようで、人は、恐怖を感じるのかもしれない。そう考えると、丸刈りというのはかな

り意志的である。毎日剃るという人には、自分の中にあるわけのわからんもんに負けないぞ、という気合を感じる。

謝罪のために丸刈りになるのは、自分の中にある誘惑に負けてしまったことを、自身がいさめるための行為なのだろう。私は、土下座より、丸刈りの方が謝罪としては好きである。時間が経って、髪の毛が元に戻れば、みんなが水に流してくれるというシステムに思えるからだ。丸刈りにした女性アイドルが、先日テレビに出演していた。すでに髪は伸びてかわいい姿に戻っていたが、丸刈りになったことはすでに笑い話になっていて、スタジオではその話が大いに受けていた。

強姦致傷容疑で逮捕された俳優さんが、不起訴で釈放されたとき、カメラの前でやった謝罪が異様だったと、テレビを見た人はみんな言う。大声すぎるとか、頭を長く下げすぎとか、カメラを睨みつけていたとか。たぶん、その姿は、何年経っても保存され、なにかことがあれば使われるだろう。逮捕されたが不起訴という中途半端な肩書のまま、その俳優さんは、元の仕事にも戻れず、まっさらな社会人として出直すこともできず、この先の長い人生を生きねばならない。そうならないために、出直すチャンスを与えてくれるのが謝罪というシステムだと思うのに、結局は示談金で処理したんでしょ、とみんなに思われているようで、そうなると彼は、この先、八方塞がりである。

謝罪には、髪の毛が生えるまでの時間が必要だと思う。まわりの人たちも、それで許

してやろうという気になるのだろう。それは人間の生理にかなった行為だと思う。しかし、今は謝罪することが損になるとわかると、できるだけ早く決着をつけることを優先する。それは合理的なやり方だ。しかし、私は、時間をかけて、許したり、許されたりしながら、生きてゆきたいなぁと思う。

(神戸新聞　2016・10・2)

頼もしさ

脚本とか小説とか書いていると、電車に乗ることがあまりない。久しぶりに神戸の地下鉄に乗って、へぇと思った。ホームから見える壁に大きく、神戸市が広告をズラッと一面に並べているのだ。家庭内暴力で誰にも言えず悩んでいませんかとか、妊娠して何か困っていませんかとか、もしそうなら、こちらへ電話して相談してください、という広告である。いつわが身にふりかかっても不思議ではない、けれど本人にとってみれば深刻なシチュエーションをいくつも並べて、そんなときは神戸市のどこそこへ電話をしてくださいという案内だ。相談内容によって電話番号が違っているのがきめ細やかで、親身な感じがする。それらを見ているうちに、なぜか私は、ほっとした気分になる。

この手のものは、トイレなどの人目につかない場所に、肩身の狭い感じでひっそり貼ってあるのは知っていた。人に知られたくないことだろうから、人に知られない場所に貼っておこうという配慮だろう。でもそれは、そんな心配事を持っている人は、こそこそせねばならない、というようにも取れる。自分の悩みを人に気づかせてはならないと思っていたら、事はどんどん大きくなってゆき、手の及ばないことになってしまう。だから大きな広告でやるのは、心配事を抱えている人にとってみれば、とても心強いと思う。実際に電話で相談するしないは別にして、とても有効な広告だと思う。運よく、今はそんな心配事を持っていない人にも、どこか心を穏やかな気持ちにさせるのではないだろうか。

私のダンナは介護が必要で、症状は悪くなることはあっても、飛躍的に良くなることはない。ふだんは忘れているが、そのことをときどき思い出し不安になる。ケアマネジャーに、私たちどうなるんでしょうね、と相談すると、彼女は「それなりになんとかなるもんです」ときっぱりと断言する。それを聞くと、別に何かが変わったわけではないのに、私たちはほっとするから不思議だ。気休めだけで生きてゆけるほど、人生が甘くないのは知っている。でも、自己責任ばかり言われ続けている私たちは、ときどき自分より大きなものに大丈夫と言ってもらいたくなる。

自宅療養をしていた父がガンで亡くなる前、死んだ後どうなるか、という話をよく二

人でした。生きることに精いっぱいだった父とぼんやり過ごしてきた私は、死ぬイメージなんて、まるで考えてこなかったから、こんな感じになるんじゃないのといろいろ話すのだが、いまいちしっくりこない。確固とした信仰を持たないので、イメージが借り物で、どんな想像も頼りなく感じる。父の母親は、父が小学校三年生のときに亡くなった。そのことを思い出して、もしかしたら死ぬとお母さんのところに戻るんじゃないのと私が言うと、父はなるほどと納得した。自分が生まれてきたときに見た母親の姿は覚えていないが、たぶんそのとき見たのと同じくらい大きなお母さんの元へと還《かえ》ってゆくのではないか。それは、お寺にある仏像ぐらいの大きさの、優しい感じのものなんじゃないか。もちろん、そんなのは私の作り話である。でも、私たちは大まじめだった。ウソでも何でも良かった。何もかも失って頼りない身になった自分をゆだねる先が欲しかったのだ。

父がどんなイメージのなか亡くなったのか、もう本人の口から聞けないが、姪っ子が父に最後に会ったとき、「何かあったとき、トキ姉ちゃんに相談しろ」と言われたそうである。トキ姉ちゃんとは、私のことだ。父は、自信たっぷりにウソの話をする私を、頼もしく思ってくれたのかもしれない。

私たち夫婦は脚本家で、ウソの話を書くのが仕事だ。それは、どこかに頼もしいものがあると思ってもらうためのものかもしれない。だったら、迷惑をかえりみず大声で書

き続けよう。それで自分や誰かが助かればいいと、けっこう本気で思っている。

（神戸新聞　２０１６・11・6）

標本

氷に魚をうめこんだスケート場に、客から苦情が殺到したそうである。かわいそうだとか、たまたま浅くうめられた魚が表面に飛び出て、少しずつ氷と一緒に削られてゆきそうで、それが残酷だ、などというのだ。遊泳する魚の上をスケートで滑ったらさぞかし楽しいだろうという発想でつくられたものなので、魚は泳ぐ姿で配置されている。そのせいか、生きたまま氷にうめられたように思えて、よけいに残酷に見えるらしい。

そんなことを言うと、日々その身を削られるかつお節などはどうなるんだと思う。活《い》け造りのお刺し身も残酷だと思うが、舟盛りが運ばれてくるとみんな盛り上がる。

肉などと違って、魚は腐敗するのがとても早い。冷蔵庫の中で一番最初にダメになるのは魚介類である。ニュースなどで浜にたくさんの魚が打ち上げられたと聞くと、魚の臭いで大変だろうなぁと心配になる。死んだ魚というのは、我々には不愉快この上ないものなのだ。氷漬けの魚が残酷だからという苦情は、見たくないものを見せられたとい

う不満が本音なんじゃないだろうか。

　昔聞いた落語に、郵便を送るときにやってはいけないことは、お刺し身を封筒に入れることだそうです、というのがあって、その非常識さがおかしくて、今も私の頭の中に残っている。これはナンセンスな笑いだと思うのだが、ちょっとブラックユーモアも入っているような気がする。

　ブラックユーモアは単なる風刺ではない。本来忘れてしまっている人間の本質を突く笑いである。きれいごとを言ったりしていても、人間の体内には尿や便や体液が詰まっているし（こう書いただけで、うわッやめてくれと言う人は必ずいるはずだ）、世間に出れば汚いことも押しつけられるわけで、きれいごとだけで年を重ねることは無理なのである。なによりも、我々は必ず死ぬのである。「泣く泣くも、よい方を取る形見分け」という川柳《せんりゅう》があるが、これなども人間の本来の姿を我々に思い出させてくれる。そういう意味ではブラックユーモアは、健全な笑いだと思う。しかし、そんな不快なことを、笑いとして使うのはとても難しい。

　刺し身を封筒に入れるというのは、落語で語られるから笑えるのであって、映像で実際に見せられると、たいていの人は不快に思うのではないだろうか。こういう笑いは、ギリギリで勝負せねばならないので、細心の注意が必要なのである。もしかするとスケートリンクの魚がもっと本当に生きているような見事なものだったら、さほど文句は出

なかったのではないか。あるいは魚の量が多すぎたのかもしれない。笑いも不快も怒りも、紙一重なのである。このスケート場などは、こんなことをやるには規模が大きすぎたのだろう。本当はもっと怪しい小さな場所で、見たい人だけが見ておもしろがるという種類のものかもしれない。

私も魚ではないが、タンポポの綿毛とソメイヨシノの花びら、昔よく遊んだひっつき虫の標本を持っている。氷ではなく、四角い透明の樹脂でかためられている。昔は不気味に見えた標本は、こちらが年を重ねると、懐かしく思えてくるから不思議だ。子供の頃は命がすでにない死骸にしか見えなかった。でも今は、その背景に広がるものが鮮明に見えてくる。駐車場の片隅にあったタンポポや、通学路にあった桜並木。友達と遊んだひっつき虫があったのは、自分の背丈ほどの雑草が伸び放題の住宅跡地だった。誰と遊んだかはもう忘れているのに、ひっつき虫の色や形だけはよく覚えている。

人間は、死、不幸、無知など、自力では癒せないものを抱えている、という。それを一時《いっとき》でも忘れるのは人間に必要なことなのだろうと、私は思う。でも、時々思い出さないと、突然、思いがけない場所でしっぺ返しを食らうのではないか。命あるものは、やがて朽ち果ててしまうのである。それを思い出すのは不快なことだが、悪いことではない。

（神戸新聞　２０１６・12・４）

生むこと

年末までに仕事が片づいたことがない。なので正月から仕事をせねばならない、というのがここ十年ぐらい続いている。大掃除もできないし、おせち料理は買ってきたものですませるので、晴れ晴れとした正月らしい気持ちになったことは久しくないというわけだ。

書く仕事だけで食べられなかったとき、パートをしていて、年末になると深夜まで残業をさせられていた。四十歳を越えてもまだそんな生活をしていて、スーパーの魚屋で大晦日、ぎりぎりまで使っていた魚を並べるプラスチックの大きなパレットを一枚一枚洗うのだが、これがけっこうな数で、骨の折れる仕事だった。要領のよい同僚や正社員たちは早々と家に帰り、その年いっぱいで退職するという十八歳の青年と二人で、黙々と洗い続けた。時計を見ると、そろそろ紅白歌合戦の勝敗が決まる頃だった。流しっぱなしの水は冷たかったが、私は楽しかった。まるで倉本聰《そう》が描くドラマのワンシーンのようだったからだ。青年は、いろいろあったはずなのに、会社の悪口を一切口にせず、へらへらと笑っていた。ようやく仕事を終え、家に帰って風呂に入っていると、近所にある禅寺の除夜の鐘が聞こえてきて、ようやく大晦日らしい気持ちになり、私もあの青年も、ここから始まるんだと思った。その三年ほど後、筆一本で食べられるようになる

わけだが、あのときほど新年に相応《ふさわ》しい過ごし方をした年はないように思う。

スキーを始めた頃、先輩が整備されたゲレンデを滑り降りるより、もっと楽しいスキーがあると教えてくれた。それは山スキーだという。リフトなんかない山を、スキーをかついで登り、山頂に近いところから滑り降りるのだという。実際にやってみると、スキー靴をはいたまま荷物を背負って、状態の悪い雪の山道を歩くのは相当きつい。それでも、滑り降りるときは、さぞや爽快なのだろうと我慢していたのだが、下りはこけないように慎重に横滑りで少しずつ少しずつ列を組んで山を降りてゆく、というものだった。やっているときは、これの何が楽しいんだと先輩を恨んだが、今、思い返すと、この山スキーが一番楽しかったと思えるから不思議である。

苦しいことが、いや苦しいことだけが自分を形作っているのではないかと思う。ふわふわした食べ物ではなく、とてつもなく固く、嚙みちぎれないものがアゴを成長させてゆくように。

宇多田ヒカルの「道」という曲の中に「見えない傷が私の魂彩る」という歌詞があって、そこを聴くたびに泣きそうになる。この人もまた、人に言えない苦労をいっぱいしたんだろうなぁと思う。人が知らない苦しみや傷だけが、自分をつくってゆくのだと思い、そう言ってくれる人がいることで、私の心は穏やかになってゆく。この曲には、短く刻むようなリズムがあって、それは出産するときのお母さんの呼吸を連想させる。苦

しい息づかいのはずなのに、宇多田の歌では「さぁ生きろ」と言っているように聞こえる。生むことと苦痛はセットなのかもしれない。

次の新年こそは、正月らしいことをしたい、と思っている。たとえば、自分でダルマをつくってみたい。何年も前、骨董屋で買ったダルマの型があって、それを使って張り子のダルマをつくってみようと思いつつ、そのままになっている。ダルマの型は木製で、職人が長く使っていたのだろう、黒ずんでいる。この型の上に紙を何層にも貼り付けて乾かし、その出来上がった張り子に切り目を入れて、型を抜き出す、という作業を何回もやってきたせいか、ダルマの型の側面には、ぐるりと深い切り傷が残っている。その切り傷に惹かれて、私はこのダルマの型を買ったことを思い出す。わが身を削りながら、いくつものダルマを生み出してきた木製の型に、私は深く共感したのだ。

去年、苦しい思いをした人は、今年はきっと何かを生み出せるはずである。

（神戸新聞　２０１７・１・８）

男らしさ

このところ、ばたばたしていて、気がつくと植木に水をやっていなかった。草花が次

々と枯れてゆく中、多肉植物の一鉢だけが、この過酷な状況とよほど性が合うのか、横から新しい芽まで出している。

この植物は「リトルサムライ」という名前で、その名のとおり、侍のチョンマゲのような形をしている。水をやらなかった私が言うのも何だが、なかなか骨のある男らしいヤツである。

「男らしい」というコトバは、今は、あまり使ってはいけないのかもしれない。人をコトバで縛るのは、私もいいとは思わない。しかし、コトバを使わないようにしていても、「男らしさ」というものは不滅である。

みんなは、ジムで鍛えた筋肉質の男性を見て「男らしい」と思うようだが、私はその見た目には男を感じない。それより、日々、自分の筋肉にしか興味を持てず、ありとあらゆることを筋肉のために犠牲にしている姿に、「さすが、男だなぁ」と感心する。全てを犠牲にしてまでやらねばならないことなど、私にはない。たぶん、そんなこと、女性にはないのではないか。あったとしても、その先に、何か目的があるはずである。

地球に似た環境の惑星が七つも発見されたというニュースに興奮するのも、実に男らしい。そんな惑星のことを、くどくど奥さんに話していると、「それと、あんたと、何の関係があるん？　はよ、ゴハン食べ」と言われてしまうに違いない。女性は、自分にかかわる話にしか興味はないのである。

茶道なんて、男らしさの極致である。茶碗や茶さじや茶葉を入れる容器に、究極の美を追求する。もうこのへんで、というのがない。どこまでも完璧を追い求める。そのくせ、完璧過ぎるものになるとおもしろくないと、わざと崩したりする。こういうことは男の人にしかできないことだなぁと思う。

男は、自分が着るぶんには、そぎ落とした美を求めるくせに、奥さんや愛人には、過剰な装飾のものを着せる。それを見て、満足してきた歴史がある。自分自身を過剰に装飾するのを、まるで恐れるかのようである。たぶん、欲望の真っただ中に入り込んでしまうと、とんでもないところに連れてゆかれると知っていたからだろう。女性を着飾って、それを愛《め》でる方が、欲望をコントロールしやすかったのではないかと、私は思う。

女子供を食わせることは、男の務めであった。男性は、生きることを誰かに、それはつまり家族たちに肩代わりさせて、自分は「男らしさ」を追求していったのではないだろうか。だから私には、「男らしさ」とは、生きることと正反対のコトバのように聞こえる。

女性は、取りあえず、生きてゆくことが一番大事だと思っている。それは、誰かに食事をつくったり、排泄の世話をしたり、子供に乳をやったりしているうちに、そんなふうに思うのではないだろうか。そういうことをしている人は、人間はここで手をかけないとすぐにダメになるものだと知っているし、ここは放っておいても育つということを

よく知っているのだと思う。とことん、完璧を求めてやっては、もたない仕事なのである。

京都で、知らないコーヒー屋さんに入ったら、素晴らしくうまいコーヒーが出てきた。若い男性がやっているらしい。最近は、チョコレートを豆から自分でつくったり、とても凝った店があったりする。男性だけではなく、女性も、自分のつくるものに、ものすごくこだわりを持つ、いい店が増えている。そんな店で、子供が遊んでいたりすると、私はいい時代になったなぁと、うれしくなる。

男がつくったモノが、私は好きである。というか、そんなモノで育ってきた。でも、過労死するまでしてつくったモノは、使いたくないし、理想を追い求め過ぎたあげくに自爆テロなんて、そんな人生は悲しすぎる。生きるというベースがあるのなら、「男らしさ」は大賛成である。

（神戸新聞　2017・3・5）

最後のシメ

子供の頃、私はすき焼きが嫌いだった。でも、食べおわった後に入れるご飯は好きだ

った。牛肉の脂《あぶら》がとけた甘辛い汁を、ご飯粒が吸い取って、それを頬張ると何ともいえず幸せな気持ちになった。最後のシメが好きな人は多い。これがあるから鍋を食べるのだという人もいる。

ＯＬの頃、同じ課の人たちと連れ立って、よく飲みに行った。最初はすし屋で、その後、バーやらスナックを何軒もはしごする。そして最後は必ずラーメンだった。会社の接待費でそんなことをしていたわけで、今考えるとむちゃくちゃな話である。大阪のミナミで遊んだときはラーメンだったが、キタの新地のシメはケーキだった。深夜の喫茶店でオッサンたちと私はケーキをガシガシ食べた。あれは何かの儀式のようだったなと今となったら思う。

ずるずると快楽に引きずられていると、どこで終わっていいのかわからなくなる。競馬や競輪のように、レースが終わればおしまい、というのであればまだ諦めもつくが、パチンコやカジノなどは自分で引き時を決めねばならない。パチンコにはまっていたときは、どんなに負けても一万五千円までとか、一時間だけとか決めて入店するのだが、その通りに切り上げられたことは一度もなかった。ちょっとした空き時間ができたときに入ると、なぜかそんな日に限って、玉がじゃんじゃん出たりする。約束の時間があるので、泣く泣く店員さんに機械を止めてもらい、もったいなぁと思いつつ帰る。もしかしたら、あのまま続けていたら十万円分ぐらい出たんじゃなかろうか、という思いがど

うしても消えず、それを取り返したくて、次の日、わざわざパチンコ店に出向き、大負けしてしまったりする。そうなることは自分でもわかっている。わかっているのに欲に引きずられてしまう。快楽の真っ最中、自分で終えることは本当に難しい。

不安や怒りも同じである。その中にすっぽりはまりこんでしまうと、なかなか抜け出せない。そんな経験のない人は幸せである。深い不安に落ち込むともうダメで、自分で何とかするということができず、この気持ちがどこまでも続くような気になる。絶望とは、こういうことをいうのだろう。

そういうマイナスのイメージを打ち消す方法があるのだそうだ。アスリートなどは、ソート・ストッピングといって、シンボリックな動作を入れることで、失敗から立ち直るきっかけをつくるらしい。例えば、足で地面を踏みつけるようなしぐさをすることで、失敗を踏みつぶしたことにして、気持ちをリセットして平常心を取り戻すのだそうだ。

私もひとつ、そういうのをつくってみた。ダンナが、まだうまくしゃべれない子供だった頃、「助けてくれ」というのを「タコチュレ」と言っていたそうである。私は気分が悪くなりそうだなというとき、例えば店員の態度が悪いとか、そんなムッとしそうなときに「タコチュレ」と小さく言ってみる。途端に、すべてがバカバカしい気持ちになる。

どこかで終わりにしないと、次が始まらない。それがたとえ楽しいことでも、いつま

でも続くと苦しみに変わる。苦しみに変わっているのに、頭はまだ楽しいと思い込み、さらに続けようとする。シメは必要だと思う。「ハイ、これでおしまい」という合図であり、「あー満足した」と満ち足りた気持ちにしてくれる。それは、コーヒーだったり、たばこだったり、甘い物だったり、蕎麦湯だったり、人によって違うだろう。

わが家の夕食のシメは甘酒である。湯飲みの底にたまったご飯粒のようなのを洗い流すとき、「また明日ね」という、とても穏やかな気持ちになる。今日の快楽は今日のうちに、今日の苦痛は今日のうちに、取りあえず終わらせよう。新しくやってくる明日のために。

（神戸新聞　２０１７・４・２）

還暦

小さな子に、「オバチャン何歳やと思う？」と聞くと、「十八さい」と言われた。たぶん、彼女の知っている数字の中で、十八が途方もなく大きいものだったのだろう。もちろん、私は十八歳ではない。この四月で六十歳になった。還暦である。

還暦は他の誕生日と比べると別格であるらしく、いろんな人からおめでとうと言って

もらった。若い頃は、老人に赤い物をあげるなんて趣味が悪いと思っていたが、今はオシャレな物がいっぱいあって、プレゼントの包みを開けるたびに「おおっ、こんなものまで赤いのがあるのか」と、そのセンスの良さに感嘆する。

子供の頃、六十歳は人生の終わりだと思っていたのに、いざなってみると、マンションのローンはまだ十年も残っているし、頼まれているのに手つかずの仕事はたまったまだし、後回しにしているもろもろの雑用も山とあって、本当に終われるのか私は、という感じである。そもそも、モノを書くという仕事にも、まだ慣れていない。もしかしたらこの仕事でやってゆけるかもしれない、と思えるようになったのは去年の秋ぐらいからである。やってゆけるといっても、すでに六十歳なので、あと数えるほどの年月しかないのだが。

人生の中で自信を持って仕事ができる時間なんて、本当は短いのかもしれない。正直言うと、自分が天才だと思うときもある。が思ったとたん、やっぱり無能だったと落ち込んだりする。一本の仕事の中にも、そんな浮き沈みがあるし、一日の仕事の中にも、一枚の原稿用紙の中にもある。短いエッセイだろうが、連続ドラマであろうが、そんな上がったり下がったりを目まぐるしく続けながら、ようやく書き上げることができるのである。

書くというのは怖いことである。全部を出し切るということは、自分が無能だという

ことに気づいてしまうことでもある。しかし、不思議なもので、その無能さをいったん受け入れると、怖いものなど何もなくなって、厚かましく何でも書けてしまう。

人生もそうだなと思う。ダンナが脳内出血で倒れて車椅子の生活になったときは、人からみれば最悪なことに見えたはずである。しかし私にしてみれば命が助かったというだけで、どんなこともすんなり受け入れることができた。そうなると、何も怖いものはなかった。

むしろへこんだのは、人からの嫉妬である。私は人間関係にうといせいか、何年も経って、あれはもしかしたら嫌がらせだったのか、と時間差で落ち込んだりする。

先日、開封していない古い手紙が出てきた。十年以上も前に投函されたもので、私もすっかり忘れていたらしい。当時読んでいれば、私のダンナが車椅子の生活になったことをバカにするような内容だった。なのに、今読むと、そうそうその通りと笑ってしまう。笑いながら、私たちは全てを受け入れて生きてきたんだなぁということを、いまさらながら思い出す。

悪意で発せられたコトバも、長い時間の中で意味を変えてしまうこともあるのである。「お前の母ちゃんデベソ」と言われて、心底怒った人も、時間を経て、介護が必要となった母親のしなびたヘソを見ると、笑えたり、しんみりしたり、泣けたりするわけで、コトバはこちらの心の持ちようで、いかようにも変わってゆくのである。

おとぎ話のように、手紙を開いたとたん、悪意は蒸発してしまったようだった。これもまた還暦にもらった贈り物である。長く生きるのは悪いことではない。自分の力では、どうやっても変えることができなかったことが、ほろりと解けたりするのだから。

六十歳の誕生日、みんなに親切にされて、いろいろな物をもらって、甘やかされて、つくづくそんなふうに思った。

（神戸新聞　２０１７・５・７）

欲望

私は、本当にデパートが好きなんだなぁと思う。どこまでも明るく陰影のないピカピカのフロアを歩いていると、今日中に送りますと約束した原稿のことや、まだメニューの決まってない夕飯の買い物のことなど、どうでもいいや、という気分になる。商品は私の気を惹くように並べられ、人は街とは違う旅行者のようなリズムで歩いていて、空調はちょうどよいかげんにセットされている。気持ちがいい、の全てがここにはある。デパートは、私たちの欲望を計算しつくした空間なのだろう。窓や時計がないので、止まった時間の中にいるかのような気分になり、片づかない日常に戻りたくなくなってし

まう。

私の家は、歩いて十分ほどのところにデパートがあるので、ほぼ毎日行くのだが、それでも不思議と飽きることはない。週替わりの催しや、めまぐるしく替わる新商品に、私の心は奪われる。よくもまぁ、欲しいと思わせる物を、これでもかと次から次へと繰り出してこれるものだと感心する。

昔、会社勤めをしていたとき、やたら人の物を欲しがる女の子がいた。「今、これ買うために貯金してるねん」と話していた友人の話を聞きつけると、彼女より先にそれを買って、見せびらかすように出社してくる。ワンピース、ハンドバッグ、靴下にいたるまで、人がいいと言った物をかたっぱしから買いあさる。しかし、その姿はいつ見ても統一感がなく、どこかちぐはぐで、私は心の中で、貧乏臭いかっこうをしているなぁと思っていた。ずいぶん経ってから、あっそうかと思った。この人には自分というものがないのだと気づいたのだ。

私はテレビドラマの脚本家なので、ファンの人から手紙をいただいたりする。そのほとんどは、私たちの書くドラマを心底いいと思ってくれている人たちなのだが、そんな中に時々、みんながいいというから私も好きです、というような手紙がまじっていたりする。会ったこともないし、この先会うこともないであろう人だけど、昔のちぐはぐな友人を思い出して、この人のこの先の人生は大丈夫かなと心配になる。

自分がないというのは、その場その場の雰囲気に流されているということである。人とうまくやってゆくには、そういう部分も必要だが、あまりにも人に合わせ続けていると、自分なりの物差しを持てず、いつも周りの言動に心を揺さぶられ、ちょっとしたことで不安におちいってしまう。たとえ、人に笑われるようなものでも、自分はこれだけは好きだというものを持った方が生きやすい。

ちなみに私が好きなのはダンナである。ひっくり返るのを恐れて、亀のように首を前に伸ばしながら、そろそろと車椅子を自走させている姿を見るのが大好きである。六十五歳のオッサンのくせに、赤ちゃんのようなつやつやした顔で無防備に眠っているのを見るのも好きである。私の生活は、このダンナの介護を中心にまわっている。人から見れば私はいつも鎖に縛られていて、その先にこの車椅子のダンナがぶら下がっているように見えるだろう。さぞかし重いでしょうと同情されているかもしれないが、そうではないのだ。いつも、好きという重しをぶら下げているおかげで、私は途方もない場所へ流されてしまうことはない。私が、どこにいても私らしくいられるのは、私の好きな彼のおかげである。

デパートの物を全部買うのは無理である。それができたとしても、買った物を入れるにはデパートと同じ大きさの家がいるわけで、さらに言うなら、買った物を整理して収納してくれる人を雇わねばならない。バカバカしい話である。ならば、デパートを自分

の家のようにゆったりと歩いて、見てまわるだけで十分ではないか。人の物を欲しがっていた友人は、今どうしているだろう。何がなんでも好きだ、というものを見つけただろうか。

（神戸新聞　２０１７・６・４）

呪い

私は、家族から運動がまるでできないと思われていた。その理由はわからないが、おそらく動き方が鈍かったのだろう。不思議なもので、家族がそう思ってしまうと、私もそうなんだと思い込み、積極的に動くことをしなかった。本を読んだり、ぼーっとしたりして子供時代を過ごした。

中学生になると、体力テストがあった。走ったり、跳んだり、懸垂《けんすい》をしたりするのだが、なぜか私はそのほとんどが最高点だった。ただ投げるのだけが絶望的に下手だった。そもそも私には友人がおらず、休み時間にドッジボールやバレーボールに入れてもらったことがなかったので、ボールの投げ方が全く分からなかったのだ。しかし、それでも銀賞のバッジをもらった。私には、どうしてもそのことが腑に落ちなかった。私は運動

オンチのはずで、銀賞などもらえる人間ではないと、頑固に思い込んでいたのだ。マラソン大会では一年生のときに全校生徒の女子の部で十七位、二年生のときは七位という好成績だったのに、それは何かの間違いだとまだ私は思っていた。

体を動かすことを覚えたのは、会社員になってからで、夏はテニス、冬はスキーで、いつも日焼けで真っ黒の顔をしていた。やりだすと凝り性のたちなので、とことんやる。テニススクールの先生に「君、頑張ったらいいところまでゆくよ」と言われた。先生は私がまだ十六歳ぐらいだと思っていたようだが、私はすでに二十六歳だった。この頃から、もしかしたら私は人並みの運動神経を持っているんじゃないかと思うようになった。なんだか、とても損をした気分である。

家族の無意識というのは、実にやっかいなものである。知らず知らずのうちに、強い力で人を縛ってしまう。

私のダンナは、四歳のとき、ポリオで左足が麻痺してしまった。明るい人だが、それでも家族の無意識に子供の頃から悩まされてきたという。両親は共働きでお金に余裕があり、庭付きの一軒家に住んでいて、誰が見ても文句のつけどころのない家族であったらしい。しかし、ダンナの左足が動かないということを、決して消えないシミのように、誰かが口に出すわけではないが、家族は思っていたのだという。ダンナは、自分の足が不自由なことが家族の暗い部分だったという。生活の不便さより、そんな家族の無意識

の方が、はるかに人生に影を落とすとは、私は思ってもみなかった。一緒に住む人が何を思っているかは、考えている以上に強力なのである。まるで呪いのようだなと思う。

あるドラマのスタッフに失礼なことを言われて、私は気分を害したことがある。そのことをプロデューサーに愚痴ると、その後、今日の食事会に彼を外しましたからと笑顔で言われ、仰天したことがある。確かに愚痴ったけど、そんなつもりで言ったわけではない。いやいや、来てもらってよ、とあわてた。今流行りのソンタクだったのだろう。

それなりの年齢になって、いつの間にか、呪いをかける立場になってしまったらしい。私たちを、重く、無言で支配するものが嫌いだ。それは、誰かの悪意で生まれるわけではない。社会常識だったり、見栄だったり、恥をかきたくないとか、うまく世間を渡りたいというような、おそらくそんな気持ちが、自分の子供や部下や取引先に、知らず知らずのうちに圧力をかけてしまうのだろう。

私は家族から一切の期待をかけられなかった。勉強しろと言われず、炎天下の庭で虫を見続けようが、雨水のたまった泥を掘り続けようが、ほうっておいてくれた。六歳の私が、大人の下駄をはいて踊っていたのはフレッド・アステアのまねだとは、誰も知らなかったが、私は満足だった。世界をどんなふうに感じるかは全て私の自由だった。そのことが、今の私の人生をとても豊かにしてくれていると思っている。


（神戸新聞　２０１７・７・２）

空

私は「空」という字が好きである。ビルの窓なんかに、空室という意味なのだろう、この字が大きく貼ってあるのを見ると、わけもなくうれしくなる。私には、この字が田原総一朗氏の顔に見える。重いまぶたと、一文字に結んだ口元を思い出す。そう思えるのは私だけだろうか。

大阪に昔、空心町《くうしんちょう》というところがあった。すでになくなってしまった地名なのだが、私はそのあたりを歩いているときに、後で思えば、人生の岐路と思われる決断をした。交差点でふと空を見上げると雲一つない青空で、そうだ、ここは昔、空心町と呼ばれていたあたりだなぁと思い出した。そして、何の脈絡もなく、やっぱり裁判をしようと思った。

裁判というと大げさに聞こえるが、私が書いたラジオドラマとよく似たテレビドラマが放送されたので、その制作会社と作家を訴えた話である。まず、内容が似ていると、相手側のプロデューサーに抗議の電話をかけたが、そのときは自分が裁判をおこすなんて考えてもいなかった。相手は、やたらぺこぺこしていたくせに、二度目に電話したら、うってかわって高飛車な態度で、「訴えればいいでしょう」と言った。売り言葉に買い言葉である。「じゃあ、そちらの社長の名前を教えてください」と私が言うと、「なんで

社長の名前を教えなきゃなんないんですかッ」と切れ気味に返してくる。「だって、訴えるとなると、まずお宅の社長宛てに内容証明を送らなきゃなんないでしょう」と私は言った。もちろん、ハッタリである。弁護士を雇うお金もなければコネもなかった。

しかし、それより何より一番悩んだのは、制作会社はいいとして、作家は何の後ろ盾もない個人なので、訴えられると彼女が深く傷つくのではないかということだった。私の作品がぱくられているのは間違いないと確信していた。一つの作品に五十二カ所も類似箇所があるなど、偶然ではあり得ないからだ。周りのみんなは、盗作したであろう相手のことまで心配する必要はないと言ったが、私は一週間ぐらい死ぬほど悩んだ。あんなに考え続けたことはない。当時の私は、みんなに好かれたかったのだと思う。訴えるということは、いわばケンカである。私は、ケンカ相手にさえ、憎まれる覚悟がまるでなかったのだ。しかし、このまま何もせずにすますのは、私の怒りがおさまらなかった。

何かに、とても怒っていた。

私は美術の学校に通っていたが、そのとき、とてもいいものをつくる学生がいた。しかし、作品を大事にしない人だった。人の作品はもちろん、自分の作品も、とても雑に扱うのである。飲み終えたココアの紙コップを、その下に作品があるというのに、平気でごみ箱めがけて投げつけたりする。当然、飲み残ったココアの液体が作品の上に飛び散るわけで、私は、なんでそんなことができるのだろうと、怒りがわいた。

そのときの怒りにとても似ていた。自分のだろうが、人のだろうが、出来が良かろうが悪かろうが、何もないところからつくったものである。それを大事だと思えない人に、ものをつくる資格はないと思う。つくるという行為は、そのつくったものを守るということも込みなのである。なのに、私は自分の作品を守るより、人に嫌われない方を選ぼうとしていたのである。

空心町の空は、落ちてゆくのではないかと思うほど青かった。たぶん、あのとき、すべての人にいい顔をしたいという気持ちが、上へ上へ吸い上げられるように落ちていったんだと思う。

生まれて初めて、郵便局の人に教えてもらって内容証明を送ったが、裁判は負けてしまった。なのに街のどこかで、「空」という字を見つけると、なぜか絶対に負けないという自信がわいてくる。空心町の交差点で、私は、大事なものを守るためなら、何でもできる人間になったんだと思う。

（神戸新聞　2017・8・6）

日々のリズム

ストレスを解消するのに一番いいのは、皿洗いだそうである。水の音や感触は、人を癒すのだそうだ。くわえて、リズムのある動きと、汚れたものがどんどんきれいになってゆくという達成感がいいそうである。

若い頃は洗い物がきらいだった。なので、一人暮らしを始めたワンルームの小さなシンクに、どんどん汚れた食器がたまってゆく。さっと洗えばすぐにすむことなのに、どうして、あんなに洗うのがおっくうだったのだろうと、今は思う。

実家にいたときは、ちょっとした家事をやらされると損をしたような気分になっていた。年の近い妹がいて、小さいときからどっちがやるかでよくもめた。結局、ジャンケンや言い合いで負けた方がやるはめになる。家事をやるときは、いつも不条理な気分だった。

一人暮らしを始めても、家事は損という考えは抜けなかった。一人なのだから、勝ちも負けもないわけで、汚れたものがたまれば困るのは自分なのだから、さっさと洗えばいいのに、それができない。私の頭は固く、切り替えができなかったのだ。

やがて、家事なんかより、仕事の方がはるかに大事だと思うようになった。仕事が滞るとイヤミを言われるが、家事は自分が我慢すればそれですむ。

ダンナと一緒に住むようになっても、やっぱり家事はめんどうなものだった。好きな人のためなら、なんて気持ちには全くならなかった。どちらも家事をめんどうだと思っていたので、コーヒーカップを洗うのさえ花札で決めた。どちらも真剣で、よほど洗うのがイヤだったのだろう。

マンションを買ったとき、一番嬉しかったのは、食器洗浄機がついていることだった。それでも最初のうちは、手で洗う方が早いと思っていた。友人に朝食と昼食の分をまとめて昼に洗うといいよと教えられ、決まった時間に食洗機をまわす習慣がつくと、不思議なもので、台所の仕事が苦ではなくなっていった。

きちんきちんと家事をこなすのは、ものすごく忍耐がいることなのだと思い込んでいたが、決まった時間にやると楽にできるということに、五十歳ぐらいで気づいたわけで、思えば、そんな当たり前のことを誰も教えてくれなかった。朝顔に水をまくのも、やらねばならないと思うと苦痛だが、生活に組み込まれてしまうと楽である。

むしろ家にお客さんが来て、そんなリズムが崩れてしまう方が、今は少ししんどい。友人や仕事仲間としゃべっているのは最高に楽しく、いつまでも一緒にいたいと思うのに、体のどこかで家の用事をしている方が楽に感じるのは、どうしてだろう。

客人が帰って、よっこらしょとベランダに干してある洗濯物を取り入れたり、食器を洗ったり、ビンや缶を片づける。少しずつ、いつものリズムが戻ってくる。人と会うの

は楽しいが、その後に日常が戻ってゆくのを感じるのも、また楽しい。

いつもの場所に椅子を戻し、客用のカップを棚の奥にしまう。部屋に、いつものだらだらした雰囲気が戻ってくる。もう一度お茶をいれなおして、お客さんからもらった珍しいお菓子を、ダンナと二人でいただく。お客さんのしゃべった話を思い返し、感心したり笑ったりする。

「おもしろい人やったなぁ」とお菓子と一緒に満足する。明かりの消えた台所には、洗いたてのグラスが並んでいる。これ以上の満ち足りたものはない。

いつもの寝床に入って明かりを消す。眠りに入る前に、薄暗い部屋でぼそぼそと少しだけ話をする。本の話や、芸人さんのことなどなど。明日は朝顔がいくつ咲いているのかなぁ。私は声に出す前に眠りに落ちてしまう。

できることなら、戦争なんか起こってほしくないなぁと思う。

（神戸新聞　2017・9・3）

お金と人間関係

お金の遣い方が、めちゃくちゃな人がいた。小さな事務所の社長さんで、この人は女

性なのだが、人におごられるのが大嫌いらしく、特にイヤな相手ならなおさらで、どんなに酔っぱらっていても支払いは忘れない。私はこの人によく遊んでもらった。人はこの人のことを、言いたいことを言う、きつい性格の人だと思っていたが、本当はとてもシャイな人だった。それはお金の遣い方を見ればわかる。

彼女は、自分のためだけにお金を遣うのをかっこ悪いと思っているようだった。一緒に買い物にゆくと、自分だけあれこれ買っているのが浅ましく思うのか、私にも決まって何か買ってくれた。買い物だけではない。自分が楽しいと思ったことは人にも味わわせてやりたいと思うらしく、旅行にもよく連れて行ってもらった。

そんな気前のいい人なのに、なぜか人間関係が長続きしない。たいていは、彼女の方がイヤになって関係をばっさり切ってしまう。

人はおごられ続けると、自分は好意をもたれているのだと思い込み、何をしても許されるのだと態度がでかくなってゆく。彼女はそういう人を、謙虚じゃないと怒った。向こうの方から離れてゆく人もいた。彼女のぜいたくな贈り物に、自分の欲望をコントロールできなくなって怖くなる人。お金のない自分の惨めさを、そのつど思い知らされ嫌な気持ちになる人。借りがどんどん増えてゆくのが負担に思う人。そういう人たちは離れていった。しかし、彼女は、それが自分のむちゃなお金の遣い方のせいだとは、思ってもいないようだった。お金も出すけど、口も出す人だった。自分がいいと思った

ことは、どこまでも押し通す。それをお金と一緒にやられると、たいていの人は、やりきれなくなるらしい。

私も、この人と同じようなところがあって、自分だけいい目にあうのが苦手だ。すべて公平にとは思ってないし、そんなことは無理だと思っているのだが、自分がうまいと思ったものや、楽しかったことは、人にも経験させてあげたいと考えてきた。楽しいのが一番だと思うからだ。なので、機会があれば、自分は借金をしても人に何か買ってあげたり、食べさせてあげたりしてしまう。その機会を逃すと、もうその人と会えないかもしれないと思うからだ。

しかし、普通の人はそんなお金の遣い方をしないのだということに、最近気がついた。みんな、お金の遣い方はとても慎重だった。お金イコール人間関係なのである。人にあげる物がぜいたく過ぎると、嫉妬されたり、見栄を張っているとバカにされたりする、ということを私は知らなかった。お金の遣い方で、人を傷つけるなんて思いもしなかった。

しかし、だからといって、もう人のためにお金を遣うのをやめようとは思わない。表面は親切そうに見せながら、うまく人間関係を続けていって、自分だけちゃっかり蓄えてゆくというのは、どう考えてもかっこ悪いし、リラックスできない。私は、まわりのみんなが私と同じように安心したり、気持ちよく思ってくれないと、落ちつかない。

ダンナを風呂に入れるのは、訪問看護師さんが来てくれる週に一度だけだが、それではかわいそうなので、私ひとりで入れてあげたりする。するとダンナは、忙しいのに悪いなぁと、とても恐縮する。私の時間がなくなることを心配しているのだ。でも、私はそんなことより、いい気持ちの人がそばにいる方が、はるかにうれしいし、落ちつく。使い終わったシャンプーハットやら、リフトで使うスリングやらをベランダに干してあるのを見ると、学校のプールの後を思い出して、とても平和な気持ちになる。それを見ながら、これだよこれ、と思う。こんなふうに、誰もが気持ちよくなるお金の遣い方ができないものだろうか。

（神戸新聞　2017・11・5）

みかんとゾンビ

みかんが一箱送られてきた。私は一度に五つぐらい食べてしまうので小躍りしてしまう。ここのは小さいが、味が濃くてとてもおいしいのを知っているからだ。が、しばらくして「しまった」と思う。私は先日、有田《ありた》のみかんを一箱頼んだばかりで、それがそろそろ届くはずだった。

ピンポーンと呼び鈴が鳴って、ドアを開けると、みかんの箱を持った宅配便の人が立っていた。しかし、それは私が頼んだみかんではなかった。贈り物らしいのだが、送り主の名前に覚えがない。申し訳ありませんが、知らない人なので受け取るのはちょっと、と頭を下げて引き取っていただいた。けっこう大きな箱だった。ドアを閉めて、間違いでよかったぁと思う。

腐ってしまうともったいないので、家に来た人に持って帰ってもらう。ようやく箱の中身が半分ぐらいになる。すると、先ほどの宅配の人がまたやって来て、実はさっきの名前は嫁がれた先の名字で、旧姓はこちらですと名前を見せられ、顔が赤くなる。最近結婚した仕事先の人だった。結婚しても旧姓で呼んでいたのでまったく気づかなかったのだ。何度も頭を下げて、みかんの箱を受け取る。広島のみかんだった。開けると、大ぶりの上等で、いかにも贈答用といったみかんだ。

また増えてしまったみかんを、来る人に気前よく配った。あげてもあげても、なくなりそうもない。そうこうしているうちに、私が頼んだ有田みかんも届く。計、三箱である。そんなことを知らない友人が、手土産にみかんを一袋持って来る。こんなこと、あるのだろうか。増えてゆくみかんを、とにかくみんなに配った。

みかんを気前よく、人に配りながら、私はつい先日、怒り狂ったことを思い出す。母に、宝くじが当たったら、いくら欲しい？　と聞くと、もう年なのでそんなにいらない、

と言う。でも、一千万円あったら、タクシーとか気兼ねなく乗れるのになぁと言うので、じゃあ当たったら一千万円あげるねと約束した。いやぁうれしいわぁと言ったその母が、私のいないところで、五億円のうちの一千万って微々たるもんや、とこぼしていたという話を聞いて、私は怒った。言っておくが、当たったわけではない。というか、当たるわけなどない。ないが、それはないだろうと思ったのである。

ヘンな話である。手元に何もないのに、私は架空の話で怒っているのである。もらえるはずもない一千万円を少ないとぼやく母。渡してもいないのに、一千万円もあるのに何が不足だと怒る私。母が強欲だと、私は笑うことなどできるのだろうか。もし、山ほどあるみかんが札束だったら、私はこんなに気前よく人に配ることなどできないはずである。

ゾンビというモンスターがいる。墓場からよみがえった者たちなのだが、これが若者から圧倒的に支持され、今も人気があるのだそうだ。支持されたのは、ちょうどアメリカが消費大国として絶頂期にあるときで、みんなが、欲望だけを追求してゆくことに疑問を持ち始めた頃だ。ゾンビというのは、欲望の醜さの象徴なのだという。死んでもなお、街をさまよい、欲しがる姿がそうなのだろう。ベトナム戦争の時期とも重なっていて、ゾンビの群れる様子が、反戦のデモを思わせるのだという。そんなことが、ゾンビの人気に火をつけたらしい。消費社会が始まった頃、人は自分の中にある欲望に気づき、

恐怖していたのである。
お金が数字などではなく、みかんみたいに腐るものだったらよかったのにと思う。腐らないうちに遣わねばならないなら、みかんのように、ない人に配ることができるのではないだろうか。箱の底のみかんが、カビでゾンビみたいな形相になっているのを見つける。それは、欲ばった果ての私の姿のように見えて、あわててゴミ箱に捨てた。

（神戸新聞　２０１７・12・３）

お布団はタイムマシーン

コーヒーは恋

私がコーヒー豆屋さんでパートをしていたとき、不思議なお客さんがいた。買うわけでもないのに、しつこく店頭に出しているパック入りアイスコーヒーについて聞いてくる。その中年の女性は、一月に一度やって来て、同じ商品をじっくり吟味し、同じ質問を長々として、しかし買わずに帰っていった。一見、ホームレスの人のようにも見えた。

店長もその客のことはよく知っていて、「でもね、年に一回、買ってくれるの。その時はどうも彼氏から千円もらうみたいなのよね」と言っていた。へぇ、彼氏がいるのかと、私はちょっとびっくりした。

ちょうど私が店番をしている時、その女の人がやって来て、いつものように時間をかけ商品を吟味し質問したあげく、おもむろにくしゃくしゃの千円札を出してアイスコーヒーを買ってくれた。お金を出した女の人は、いつもより偉そうだった。この人にとっては年に一度のスペシャルなことなのだと思うと、私はついいつもより丁寧に接客し、

おつり五十円と商品を渡した。

私はそのお札をレジに入れたが、くしゃくしゃ過ぎて他のお金とは違って見えた。女の人がじっとり握りしめていたであろう、彼からもらったお札は、いつまでも他のお札となじまずにレジの中にあった。

売り上げは一日ごとに集計して封筒に入れ、本社に送ることになっている。私は、その女の人の千円札を封筒に入れてしまうと、ちょっと寂しい気持ちになった。これで、単なる売り上げの数字になってしまうと思うと、とても残念だった。

それからしばらくして、私はその店をケンカして辞めてしまった。私は化粧をする習慣がないのだが、口紅ぐらいつけなければ客に失礼だと店長に注意されたのが原因だった。

私は怒り心頭だったが、どこかで世の中に合わせられない、いこじな自分に不安を感じていた。まだ脚本家として食べてゆけない頃だった。やっぱりどこかで妥協すべきところは、せねばならないのかもしれない、などとついつい弱気に思ったりしていた。

そんな気持ちで商店街を歩いていた時、二人乗りの自転車が、私のすぐ横を走り抜けて行った。後ろで、あのアイスコーヒーの彼女が横座りになり、前の男性の腰にしっかりつかまっていた。

一瞬のことだった。私は呆然と自転車を見送った。私の不安を嘲笑《あざわら》うように、風のよ

うに、恋が駆け抜けていった、と思った。そう、まさしく恋だった。

その時、私が感じたことを表現したいと思うが、難しい。自転車の二人乗りは禁止になり、もうドラマで書くことはできなくなってしまったということもあるが、たとえ書けたとしても無理だろうなと思う。世にいう幸せの要素が皆無のカップルだったからだ。この光景を、私以外の人が見たなら、ホームレス風の男女が自転車に乗っていたとしか見えなかっただろう。

私はそのことが悔しかった。口紅さえつけていれば、ちゃんとした女性なのだという暗黙のルールにも腹が立っていた。

私が書くべきものは、レジの中の千円札だと思った。たとえ人に見えなくても、そこにあるものを見えるカタチで書こう。あれから十五年経つが、あの時、私の横を駆け抜けた恋は、まだ書けずにいる。


（「プロムナード」日本経済新聞夕刊　2017・7・5）

金次郎たち

電車の中で、リュックを背負った青年が、ケースに入ったスマホを広げて、熱心にの

ぞきこんでいた。その姿は、どこかで見たことがある。あッそうか、二宮金次郎だ、と思った。

母と二人で金沢旅行に出かけた。大阪駅で乗客はいっせいに降りてゆく。平日の早朝、すでに出勤する会社員で電車はいっぱいだ。母は「すごい、白と黒ばっかりや」と驚嘆する。こんな時間に電車など乗ったことのない母は「すごい、白と黒ばっかりや」と驚嘆する。たしかに、会社員の服装は白いシャツに黒っぽいズボンやスカートばかりだった。

この日はあいにくの大雨で、特急電車が小松駅で止まってしまった。車内アナウンスは、「復旧の目処は立っていません。しばらくお待ち下さい」と繰り返すだけで、動きそうもない。「目処が立たない」というのが、不安をあおる。しかたがないので、私は持ってきた仕事をやる。思いのほかはかどって何か得をした感じだった。しかし、乗客のほとんどはサラリーマンだ。次の予定があるはずで、さぞかし困っているだろうと思うのだが、それぞれ、あわてることなく、平然とスマホで他の交通手段を探している。こんな状態なのに、車内は誰も一言も発しない。

母は、「なんで、みんな、こんなに平然としてるの?」と気持ち悪そうに聞く。私もそう思う。最初の五分ほどで、他の手段を見つけた人たちは、さっさと電車を降りてゆき、スマホを操っても他の手段を見つけられなかった人たちは、おそらく打てる手を全て打ち、もうジタバタしても仕方がないというように、お侍さんのように黙って座って

いる。結局、金沢に三時間ほど遅れて到着した。

私は阪神・淡路大震災のときのことを思い出す。地震から一週間後、電車とバスを乗り継いで、神戸に入院していた義父の様子を見に行ったのだが、臨時バスの本数が少なく、ものすごい数の人が並んでいた。私の並んだ場所からは、バスなど見えず、本当に今日中に運びきれるのかと思うほどなのだが、こんなことをすでに何日も続けている会社員たちは、文句も言わず、ただ静かに並んでいた。暗いし、寒いし、まわりの建物や道路は壊れているし、そんな心細い状況のなか、黙って列を詰めていく。そんな人たちには、守るべき人や、信じているものがある場所に、何としても帰ろうとしている静かな決意があるのだと思った。

家に帰ってくる父を当たり前と思っていたが、もしそうじゃなかったら、私はいつも不安だったかもしれない。いったん、そんな不安を感じてしまったら、大人になるまで、それを払拭できず、何かを信じるということは難しかっただろう。

私は昔、会社員なんて人の言いなりになっているだけじゃないかと思っていた。が、六十歳になった今は、そうは思わない。決められた制限のなか、ベストをつくす人がいる、ということを知っている。

旅行の帰路、帰りのラッシュと重なってしまった。一日の仕事が終わって疲れているはずなのに、それでも黙って金次郎のようにスマホを見ながら立っている会社員たちを

見ていると、日本は、こんな人たちで回っているんだなぁと思う。それは、会社への使命感というより、今ある家族や友達、仕事仲間との関係を続けたいという、切なる思いなんじゃないかなぁと思ったりする。

（「プロムナード」日本経済新聞夕刊　2017・7・12）

ラブラブの部屋

ダンナが脳内出血で入院して、集中治療室から四人部屋へ移るとき、看護師さんから「あぁ、あのラブラブの部屋ね」と言われた。

その病室は、何度も再発しては入退院を繰り返している重症の患者さんばかりで、しゃべることができず、みんな静かに眠っていた。その代わりなのか、奥さんたちは口の達者な人たちばかりだった。

ひとりは、超インテリの金持ちのお婆さんで、医学に通じているらしく、何かと看護師さんに文句をつけるので、敬遠されていた。私などには、ダンナさんの焦点の合わない目は、いつもと変わりなく見えるのだが、毎日見ている奥さんは、今日は調子がいいとか、今日はよくないとか、わかるようだった。紙のオムツはかぶれると言って、家か

ら柔らかそうな布を持ってきたり、介護の方法が病院のやり方と違っていたので、看護師さんたちにけむたがられていた。

その隣の奥さんは、夜になるとやってきた。昼間は倒れたダンナさんの代わりに店に立っているらしい。大きな体で、病棟の主のような迫力のある人だった。九時が消灯の決まりなのだが、どうしてもサスペンスドラマが観たいと頼み込み、カーテンを引いたその中で身じろぎもせず、テレビに見入っていた。ダンナさんは、中国の人で、子供のときに金色のウサギを見たのだと言う。それは幸運のしるしらしく、奥さんは、だから絶対に治るねんと私に何度も聞かせてくれた。

もう一人の奥さんも、店をやっている人で、その人は仕事の合間に顔を出し、その他の時間はヘルパーさんを実費で雇っていた。この奥さんは、漢方やら、マッサージやら、祈禱《きとう》やら、国内外問わず、ダンナの病気のためにやれることは、全てやったと言っていた。やってないのは、奇跡だけだそうだ。

たしかにラブラブの部屋だった。奥さんたちはみんな必死だった。誰かが手を握ったり開いたりする運動を始めると、自分のダンナにも負けじとやらせる。自分の巣を守るツバメのように、律義に病室を出たり入ったりを繰り返す。しかし、みんな知っていた。自分のダンナが、もうこれ以上良くならないことを。なのに、誰も自暴自棄になったりはしなかった。できることを精一杯せねば、という感じだった。私は慈しむというコト

バは、こういうことかと思った。

朝、たいてい私が一番乗りで、夜しか来られない奥さんは、私と入れ違いに帰ってゆく。ベッドでただただ眠る四人の男の人たちの真ん中に、一人立っていると、私は機械が順調に動いているのを見守っている人のような気持ちになる。この人たちには、これまで過ごしてきた日々の断片がぎっしり詰まっているのだと思った。お金を儲けたり損をしたり、恋をしたり、裏切ったり、ギャンブルに夢中になったり、家を買ったり、子供を抱いたり、借金を返したり、スナックで歌ったり、何かを決意したり。そんなことを思いながら窓の外を見ると、海の上をゆっくりと船が横切ってゆく。なんだか、SFの世界にいるようだった。

今でも、電車に乗っていて病院の窓を見ると、あそこに、健気な妻や夫がいるのだろうか、思い出の断片が詰まった患者さんが眠っているのだろうか、と考える。ラブラブの部屋が懐かしい。普通の生活こそが奇跡だと、身に染みた場所だった。

（「プロムナード」日本経済新聞夕刊　２０１７・７・19）

プラットホームの先頭で電車を待っている私の前に、色の黒いお兄さんが体を割り込ませてきた。相手は自分の顔面を、私の顔すれすれに近づけ、なぜか睨みつけるようにして通り過ぎていった。私は、ムッとなるが、そのお兄さんの着ていた服が、一瞬レンコン柄のように思えて、そのことが気になった。

服の模様を確認したくて、お兄さんの方を見ると、ベンチに座っていた。相手は私が見ているのに気づき、再び睨みつける。それでも私がじっと見ていると、三秒ほど睨んだ後、視線を外した。そして、また私を見る。私がまだ見ているのに気づくと、また三秒ほど睨んで視線を外す。それを四回ほど繰り返した。その間、私はずっと見続けていたわけで、さすがに頭にきたらしく、こっちに向かって歩いてきた。私の方も意地になって、絶対に視線を外さないという気持ちになる。お兄さんは、また私の前にやってきて、自分の顔面を私の顔すれすれに近づけ、睨みつけながら通り過ぎていった。

そのお兄さんの背中は、レンコンではなく、ドクロの柄だった。なんだ、ドクロかと、そのお兄さんに合いすぎていて、少しがっかりした。

私は、態度も目つきも口も悪い。ＯＬをやっていたとき、先輩の男性から、男だったら絶対に殴っていると言われたことがある。その話をすると、ダンナは「わかる、わか

る」とゲラゲラ笑う。

仕事でアイドルの芝居を観にゆかねばならなくなり、楽屋にある関係者専用のエレベーターに乗っていたら、男性アイドルが乗ってきた。私には、それが何というグループの誰なのかわからない。一緒にいたプロデューサーが小声で、「ほら、主演の」と名前を教えてくれるのだが聞き取れず、「えッ誰?」と大声を出し、そのアイドルを下から上へジロリと見た。見られた彼は、私の態度にムッとしたのだろう、私がエレベーターから降りようとするのをはね飛ばし、自分が先に降りていった。私の感じ悪さを、彼もまた、ありったけの感じ悪さで返したのである。

彼をテレビで見るたびに、感情をそのまま、むき出しにしていた自分を反省する。もうちょっと、それらしい行動を取れないものかと思ったりする。

アンガーマネジメントといって、怒りをコントロールする技術があるらしい。怒りの感情は、六秒しかもたないのだそうだ。だから、怒るのを六秒がまんすれば、爆発させて取り返しがつかなくなる、ということを回避できるのだという。

私は、怒りそうだなと思うと、鰹節屋さんの猫を思い出すことにしている。その猫は、鰹節を削る機械がブンブン鳴って、削りカスが宙にひらひら舞っているなか、丸椅子の上に顔色ひとつ変えず、背筋をしゃんと伸ばして座っていた。店のおじさんに聞くと、いつの間にかやってきて、あそこにあぁやって座ってるんですわ、と言う。

人の悪口や嫌がらせは、嫉妬や見栄に取りつかれた人から削り出された断片で、自分のまわりをヒラヒラ舞っているに過ぎないのかもしれない。落ちてしまえば、ただのゴミだといわんばかりに、その猫は、床の削り節に目もくれなかった。ちょっとしたことで、バカにされたとか、損をしたとか言っている自分が情けない。人間で、あの猫ほどできた者を、私は見たことがない。

（「プロムナード」日本経済新聞夕刊　２０１７・７・26）

ＹＥＳをもらう

知人から、何でも「イエス」というのは、よくないんですねぇ、としみじみ言われ、私は「えッ、なんで？」と聞き返した。だって木皿さん、そう書いてたじゃないですかと言う。そんなことを突然言われても、私はどこでそんなことを書いたのか全く思い出せない。

よく聞いてみると、雑誌に連載している短篇小説の中の話だった。親の身勝手な行動に翻弄された十代の女の子が自分を見つける話である。

「いやいや、フィクションの話じゃないですか」と私が言うと、若い人はキョトンとし

て、「ええ、そうですけど」と言い、それがなにかという顔をした。

私が書いたのは、家を出た少女が「ＹＥＳ」と赤い字で書かれたぺらぺらのＴシャツを買うが、いつも親に「ＹＥＳ」しか言ってこなかった自分が、そのＴシャツと同じように安っぽく思えてくるというシーンである。もちろん、私のつくり話だ。

この主人公が、最後には人生や世の中を肯定的にとらえていることは読めばわかるはずなのに、知人はそこではなく、部分を切り取って、しかも登場人物が思ったことなのに、私の座右の銘のようにとらえているのである。私は、知人に、作家はウソを書くのが仕事だと説明した。

しかし、フィクションだが、本当のこともある。私は、赤い文字で書かれた「ＹＥＳ！」というコトバにずいぶん助けられた。それは一緒に仕事をしたことのある人からの絵葉書に印刷された文字だ。何年か前に亡くなった若い男性の墓参りに、最近行ったことが書かれていた。遠方にあるその墓地の細やかな描写は、そこに吹いている風まで感じさせてくれて、私は彼の死を、ようやく受け入れようと思ったのだった。

その「ＹＥＳ！」と印刷された文字の横に、手描きで矢印がひかれ、「ですよね、すべからく」と書かれてあった。この葉書の送り主は、おびただしい数の仕事をしている人で、その仕事内容において妥協など一切してこなかった人のように思えるが、それでも「ＹＥＳ」と言わねばならぬこともあったのだろう。その文字は、受け入れがたいも

のも、受け入れなきゃなんないっスよねぇと笑っているように思え、いつも見える場所に貼りつけてある。

この世は不条理に満ちている。自分が思っているのとは違うからと、いちいち怒ったり、逃げ回ったりしていては、到底生きてゆけない。

そういえば、外国の映画で、段ボールをかぶると、遠い世界に意識が飛んでゆくというシーンがあった。そのときだけ火星や南の島にいる気持ちになるのだが、人から見たら薄汚い街中で段ボールをかぶっているだけという映像で、現実というものがどれだけ厳しいか、その落差に笑ってしまった。

逃げることのできない現実を生きるのは、大変だ。「YES」というコトバを言うのに、勇気と痛みが必要なときもある。しかし一方で、そんな現実に生きているからこそ味わえる喜びもある。心から「YES」と言えるとき、私たちは本当に幸せな気持ちになることができる。

小説の中で、「YES」と書かれたTシャツを着せたのは、そのことを、主人公の少女に知らせたかったからだ。身動きできずにいた私が、そうしてもらったように。フィクションには、こんなふうに本当のこともまざっているのである。

（「プロムナード」日本経済新聞夕刊　2017・8・2）

理解しない

いつからか、家に絵を飾るのがいやになってしまった。バブルに入るちょっと前、ＯＬの私は行き詰まっていた時期があって、ただただ浪費したくて版画を買ったりしていたが、その後、引っ越しを機に、大きな家に住む妹にあげてしまった。

飾るのなら、植物のような意味をもたないものがいい。そんなふうに気持ちが変わってしまった。テレビでも、ドラマを観る気がしないときがある。それは、絵を飾りたくないという気分に似ているような気がする。お笑い番組も受けつけないときがあって、そんなときは、風景が流れてゆくような映像を眺めていたりする。

「読み取ってほしい」と押しつけられるのが、もういやなのかもしれない。ニュースを見ても、私には理解しがたい犯罪ばかりで、コメンテーターが犯人の考えを推測してしゃべっているのを見ていると、そんなヤツらのことを、そこまで理解してやる必要があるのか、と思ってしまう。理解してもらうのが権利のように思っている者が、ひとりよがりな犯罪を起こしているように、私には思えてならない。理解してほしい。理解しろ。理解すべきだ。そんな雰囲気に、私は、うんざりしているのだろう。

いじめの話も同じようにうんざりする。靴を隠されたり、陰で悪口を言いふらされた

り、なぜそんなことをされるのか、やられる方には、意味がまったくわからない。意味を持つのは、そういうことを仕掛ける方にしかない。かまってほしいからか、自分自身でぬぐえぬ嫉妬や惨めさを、嫌がらせでしか解消する手だてを持たないからか。そんなヤツらが、不条理を押しつけてくる。なんで、そんなものに、こちらも一緒になって付き合ってやらねばならないのか、と私は思う。そこまで親切にする筋合いは、ないのではないか。

私は子供の頃、よくいじめられたが、それがいじめだとは知らずに過ごしてきた。空気を読むことはできるのだが、なぜそんなことをするのかがわからない。「これは、いじめですよ」と言ってもらわないと、私にはわからないのである。そんなふうだったので、たいていのいじめっ子は、すぐに飽きて、私にちょっかいを出さなくなった。それでも、しつこくいじめてくるヤツはいたのかもしれない。でも、私には、嫌がらせの意味がまるでわからなかったので、相手にしてみれば、さぞかし張り合いがなかったことだろうと思う。

いじめもコミュニケーションなのである。悪意は、こちらが悪意だと受け取らない限り、成立しない。イヤミなことを言われたと憤慨するのは、親切な行為である。相手の悪意をちゃんと受け取っているのだから。自分の不安を自分で処理できないヤツのことは、ほうっておけばよい。

理解したり、されたりするのは、人間関係の基本である。私自身、それでどれだけ解き放たれ、助けられたことか。しかし、だからといって、何でも理解せねばならないと思い込んでしまって、無神経なヤツと出くわしてしまったら、自分の方が深く傷ついてしまうこともある。

いやだと思ったら、自分の部屋の壁から外すことも必要なのではないか。どんなに高額の絵だったとしても、自分を守るために、自分が感じたことを信じるべきだと思う。


（「プロムナード」日本経済新聞夕刊　2017・8・9）

新しい着物をもらう

目を覚ますと、朝顔がふたつ咲いていた。その日は台風で、朝からの暴風雨に、朝顔はまるでビンタされているかのように、右へ左へ激しく揺れる。なんでまた、今日みたいな日に咲いたのか。運の悪い花だなぁと思った。

ところが、朝顔はまるで平気なのである。こんな災難は種の時から織り込み済みなのか、細くて柔らかい花の首は、折れそうで折れない。ちょっとしたことで、ぐちぐち言っている自分が恥ずかしくなる。

運がいいのは私の母である。テレビ番組の懸賞で、振り袖と帯を当てたことがある。それを長女の私が、成人式と兄の結婚式で着た。その後、妹が成人式に着て、さらにその後、兄の娘が成人式に着た。おそらく、その後は曽孫の七五三の晴れ着につくりなおされるのだろう。昔なら、さらにその後、布団になり、座布団になる。着物の一生はとても長い。

働きはじめてすぐの頃、たんぽぽの綿毛を、ひと息で吹き飛ばすことができたら、新しい着物がもらえると言われたことがある。そんなことを言われても、さほど嬉しくないよなぁと思った。すでに日本は消費社会で、服は好きなときに自分で買う物だったからだ。

ずいぶん経って、晴れ着をつくるということは、結婚の用意だと気づいた。やがて、その着物は子供や孫に譲り渡してゆけますよ、それは、あなたが、つつがなく暮らしてゆける目処が立つ、ということですよ、という意味だったのだろう。

小さい子供が遊びの中で、新しい着物をもらえることを夢見ているのは、なんともかわいらしい。やがて、本当にお嫁さんになって、母になり、祖母になって、子供や孫に新しい着物をつくってやる日がくるというのは、自分のやってきたことを改めて振り返る日でもあっただろう。それは、さぞかし晴れがましいことだったろうと想像する。

使い捨てやレンタルは、便利だと思うが、昔の女の人が持っていた、指折り数える楽

しみや、何世代にもわたって使うことで、自分は常にどこかにつながっていると安堵する気持ちは失われてしまったのかもしれない。

子供の頃、私と妹のよそゆきはすべて誂《あつら》えだった。子供が三人もいるサラリーマンの家で、お金のことで四苦八苦していたのに、母はここだけは譲れないというこだわりがあったようだった。私たちのためだけにつくってもらった、妹とおそろいの厚いコートにくるまれた時の、ほっこりとした、なんともいえない幸せな気持ちは、今も全部思い出せる。

最後に母につくってもらったのは二十五歳ぐらいの時で、カシミアの黒いロングコートだった。お嫁に持っていっても恥ずかしくないものを、と母も頑張ったのだろう。私は気恥ずかしくて、何十年も袖を通していなかったが、もったいないので去年から着ている。肩パッドの入った時代遅れのデザインで、内側には、私の旧姓が刺繍されている。

私のためだけにつくられたものにくるまれて歩いていると、不思議と誇らしい気持ちになってくる。

私も誰かに新しい着物をつくってあげたいなぁと思う。朝顔やたんぽぽが、次に花を咲かすため種を残すように、何十年も、その人の人生に寄り添ってゆくような、そういうものをつくって手渡したい。その時、私は、母のように晴れがましい気持ちになるの

（「プロムナード」日本経済新聞夕刊　2017・8・16）

だと思う。

いのちの季節

お墓参りに行ったら、墓石に蝶のサナギがひっついていた。雨のせいか、最初についていた場所から下へ三十センチほどずり落ちている。通常のサナギがどれほどの固さなのか知らないが、私が見たのは、とけたアイスクリームみたいにぐだぐだしていて、これから蝶になるとは思えないほど頼りない。

私はサナギをよけるように注意深く墓石を洗っていたが、うっかり水をかけてしまったらしく、半分にちぎれてしまった。中は本当にとけたアイスクリームのようだった。私はあわてて墓石に残っているサナギの半分をゴミ袋に押し込み、完全犯罪を終えた人のようにキョロキョロあたりを見まわした。お盆に殺生《せっしょう》は、さすがに寝覚めが悪い。

災難はサナギだけではない。アリもまた、水をかけられ一家総出で日向《ひなた》に出てきて右往左往している。少しは落ちつけよと思うのだが、アリは度を失ったようにあちこち動きまわって、水に落ちてもがいている。助けても助けても、次から次へとできる水たま

りに落ちて、うわわわッとなっている。どこからかバッタも出てきて、乱入者の私の腕に、やめてやめてというようにしがみつく。

いつもは人などめったに訪れず、虫たちは平穏に暮らしていたのだと思う。私は突然あらわれたゴジラのようなものかもしれない。

ふだんは、ちゃんと見たこともないくせに、八月になると、なぜか虫をよく目にする。街中のパラソルの下で休んでいたら、セミが飛んできて、パラソルの柄の部分にとまり、もぞもぞ動きまわる。何かを探しているようだ。セミは、ここぞという場所を見つけては胴を折り曲げ、すぼまった下半身の先っちょをパラソルの柄にチョンチョンと当てるしぐさを繰り返す。卵を産みつけようとしているのかもしれない。しかし、そこはパラソルである。何年も地中で暮らして、ようやく地上に出てきたというのにパラソルはないだろう、と思うのだが、セミは真面目にチョンチョンと繰り返す。墓石でサナギになろうと決めた青虫も、このセミも、無駄だからやめようという気がまるでない。決められたことをちゃんとやるのに必死である。その後、命が続くかどうかは運まかせである。

私たちは、無駄なことをするのを極端に嫌うようになってしまった。無駄なことをするぐらいなら、何もしない方がましだと言う人もいる。

お墓参りも、無駄といえば無駄だろう。お参りしたからといって、何か見返りがある

わけではない。遠方に墓のある人は、そのためにお金と時間をかけ、乗り物に押し込まれて移動する。なぜそこまでして、墓参りをせねばならないのか。

お盆が近づくと、テレビでは終戦記念日の特番が流れる。外に出ると、強い陽射しにくっきりと影ができる。誰もいない炎天下の公園にジーッと鳴くセミの声。誰がつくったのだろうと感嘆するほど、八月は命というものが際立つ季節だ。理屈ぬきで命というものと向き合わされる。そんなときに、墓参りのような、成果を求めないことをするのは、自分もまた虫と同じように命を与えられたものなのだということを思い出させてくれる。

バチが当たるから墓参りをしろと言う人がいるが、そうではない。自分もまた、虫と同じぐらい健気な存在だったと思い出す、大切な時間なのだと私は思う。

（「プロムナード」日本経済新聞夕刊　２０１７・８・23）

今を生きる

電車に乗っていると、隣に座っていた六歳ぐらいの女の子が、お母さんに叱られていた。チラシを丸めたものを握りしめ、いろいろなところを叩いていたのだが、そのチラ

シは上質の紙で、お母さんはそれが皮膚を切るかもしれないということを、繰り返し教えていた。

女の子は叩くのをやめて、つまらなそうにチラシの筒をゲームのコントローラーのように両手で持ち、親指でピコピコ押すしぐさをした。それにすぐ飽き、紙の筒は釣り竿になった。と思った瞬間、ゴムホースになった。水が勢いよく出るようにホースの口を小さな手で微妙に調整している。しかし、それも一瞬のことで、チラシの筒はシュノーケルになり、さらに半分に折られてケータイになった。

三十秒ぐらいの間に、女の子のチラシはどんどん形を変えてゆく。私がわかったのはほんの一部で、その子にしかわからない想像の世界が彼女の中でめまぐるしく繰り広げられていたのだと思う。私は、そのスピードに驚嘆した。

子供は大人が考えている以上に、いろいろ考えている。私は六歳のとき、父が入院している病室に入るのが怖かった。どうしてもいやで、家族たちが見舞いに行っている間、私は祖母と二人、玄関口にある花壇の縁石に腰掛けて、ぼんやり暮れてゆく往来を見ていた。ひらべったい買い物カゴを持ったおばさんが市場に向かって歩いてゆく。ふいに、そのおばさんも私と同じようにめまぐるしく何かを考えているのだ、ということに気づいて六歳の私は呆然となった。そのおばさんだけではなく、腕に錨の入れ墨をした魚屋のお兄さんも、積み上げた卵をつまみ上げては、裸電球を当てて中身を確認しているお

じさんも、みんな何か考えているわけで、自分が考えているだけでも計り知れないほどの量があるというのに、みんなの分を合わせるとどうなるのだろう、と私はその分量に圧倒された。

以前はこの話をしても、いまひとつわかってもらえなかった。人が思っていることに容量があると考えている私が異常だったのだろう。しかし、今はネットのおかげで、私がかつて恐怖した膨大さを、わかってもらえるようになった。すでにネットの情報を全て把握するのは、人間の脳では無理である。こんなことを書いている間にも、ネットの中には雪のように新しい情報が降り積もっているはずだ。誰にも検索されなくなった古い情報は、深い海の底に積もるプランクトンの死骸のように、ひっそりと置き去りにされ、やがて探しようもないものになってしまうのだろう。

六歳の女の子の隣に座る六十歳の私が、電車の窓に目を移す。夕暮れの中、ビルが静かに立ち並ぶ。そのビルの中では、売掛金やら、残高やら、株価などの数字が、めまぐるしく増えたり減ったりしているのだろう。やがてそんな大事な数字も、時間が経てば、誰も覚えていないものになってゆく。

隣では、お母さんがチラシの筒を取り上げようとするのを、女の子はしっかりと握りしめ、放そうとしない。よく見ると、高級マンションのチラシだった。そんなものより、このチラシこそが、女の子にとっては一番大事なものなのだろう。チラシを握りしめる

小さな手を見て、今を生きている手だ、と私は思った。

（「プロムナード」日本経済新聞夕刊　2017・8・30）

肉とメロン

ダンナが中学生のとき、めっぽうケンカに強い同級生が二人いたそうである。まわりの者たちは、二人が戦ったらどっちが勝つのか、いつも噂していた。修学旅行の夜、とうとうその二人がぶつかって大ゲンカになったそうである。

伝説の二人が修学旅行の夜に因縁の対決である。「座頭市と用心棒」あるいは「ゴジラ対モスラ」のような、夢の組み合わせだったらしい。強い者同士の戦いというのは、男の子を興奮させる。ダンナも友人たちも、とうとう今夜決着がつくと固唾をのんで見守っていた。そこへケンカなどしたことのない男子が、「お前ら、やめろ」と仲裁に入って殴られ、ケンカは流れてしまったそうである。今でも、当時の仲間が集まるとその話が出るのだが、仲裁したのが誰だったのか、みんなまるで覚えていないのだそうだ。

「何でお前やねん」という経験は私にもある。シナリオ学校に通っていた頃、「ぼくら以外はみんなカスや」と同じ教室の男の子に言われたことがある。ぼくらとは、彼と私

のことらしい。彼が何の根拠があってそんなことを言っているのか、さっぱりわからなかった。好きだとか、きれいだとか、そんなことを、そんなことは言われたことはないのに、なぜかオレたちはライバルだよねというようなことを、一方的によく言われた。将来、必ずスピルバーグと仕事をすると断言していた自信満々の男の子も、プロになれるのは私と自分だけだと言っていた。そんなことを言うのは、たいてい才能のない愚鈍な男の子だった。

今なら彼らの心情がわかる。自分に才能があるかどうかなんてわからず、世間がランクをつけてくれる場所にさえ、たどり着いていない。ただ闇雲に走っている状態だった。それはあまりにも辛い。だったら、ライバルをつくって、そいつと対等な自分というものをつくっておきたかったのだろう。自分の位置を、ウソでも明確にしておきたかったのだ。

私も、どっちへ走っていいのか、まるでわかっていなかった。たまたま入った作家グループの先輩の作品を読ませてもらって、なるほどこんな感じで書いてゆけばいいのかと思った。それまでは、名作と呼ばれるものばかり読んでいて、作家になるのは無理かもしれないと諦めていたのだ。先輩の作品を読んだことがきっかけでコンクールに入賞した。先輩はとても喜んでくれて、私の耳元で、「全員ごぼう抜きにして、そのまま走ってゆけ」とささやいた。その全員の中に、先輩も入っていることは、その人の表情でわかった。本気で祝福してくれていて、本気でくやしがってくれていた。

私には、人の作品をくやしがる気持ちがわからない。ダンナの作品を読んだときは、ただただ笑い転げ、感心するだけだった。それは、到底真似できない、オリジナリティの高い作品だった。私はうらやましいと思うより、天晴《あっぱ》れだと思った。私自身、誰かにうらやましいと思ってほしいなどと考えたこともない。私はどうあがいても私である。

有名店の高級牛肉をいただいた日に、熊本から高級メロンが届いた。こんなことは、生涯に何度もあることではない。その日の食卓は、まさに夢の頂上決戦である。私たち夫婦は、この商売をしててよかったなぁと、幸せな気持ちで頬張った。どちらがうまかったかなんて聞くのは、ナンセンスである。メロンはメロン、肉は肉である。

（「プロムナード」日本経済新聞夕刊　２０１７・９・６）

布を縫う

刺繍をほどこした小物を見ると、胸がきゅんとなる。襟とかポケットにワンポイント、丁寧に刺繍されているのを見るのが好きだ。私自身は大柄で、そういう可愛いものが似合いそうもないので、一枚も持っていない。

刺繍に思わず目がゆくのは、子供の頃、母がそういう内職をしていたせいかもしれな

い。

針にピンクの糸を何重にも巻きつけて、ひゅっと針を抜くと花びらができあがる。その花びらを何枚も重ねてゆくとバラになった。母は、フリルのついた襟にバラをいくつもつくってゆく。その手元を見ながら、こんな可愛いブラウスを誰が着るのだろうと想像した。さわってはいけないので、見るだけだった。次から次へと同じのが何枚もできあがってゆくのに、家には一枚も残されず、業者の人がみんな持っていってしまう。しかし、私は、そんな刺繡をほどこした服を着たいとは思っていなかった。家では、刺繡は一枚五円の賃金がもらえる商売物で、私や妹が着るものではないと思い込んでいたからだ。母は内職を恥だと思っていたらしく、誰にも言わなかった。

その後、社宅から引っ越して小さな庭付きの中古の家を買った頃から、母は内職ではなく趣味で刺繡を始めた。それは、内職でつくっていた小さな花ではなく、何カ月もかかるような大作だった。ステッチも色も複雑で、できあがったものは木彫りの額に入れられ、次々と壁に飾られていった。それは見事な出来だったが、私には、生活が苦しかった頃への母のリベンジのように思えた。母の刺繡の趣味は何年か続いたが、そのうちに気が済んだのだろう、いつの間にかやめてしまった。

先日、タンスを整理していたら、何十年も前に母が刺繡したエプロンが出てきた。何度も引っ越しをしてきたのに捨てなかったのは、母が費やした時間と労力が伝わってき

たからだろう。それを引っ張りだしてきて台所に掛けていたら、母が「いやぁ、懐かしいわぁ」と声を上げた。見た瞬間に、つくっていた時間を思い出したようだった。私にはわからない、一針一針にこめられた、ちょっとした喜びや、日々生じる嫉妬、ささやかな願い、集中することで忘れたかったことなどを、鮮やかに思い出したに違いない。

自宅の近所に手芸店がオープンした。私もやってみたくなって刺繍のキットを買って帰った。来年の壁掛けカレンダーである。内職をしていた母の手つきを見ていたせいか、やり方はけっこう覚えていて、始めてみると楽しい。

テレビを観ながらちくちく縫っていたら、北朝鮮の核実験のニュースが盛んに流れてくる。世界は不安定さを増してゆく。ふいに、今、自分がやっている刺繍が、昔、戦争にゆく兵隊さんに持たせた千人針のように思えてきた。なす術もなく、ちくちくと布を縫うしかなかった、七十年ほど前に生きていた女の人たちのことを思った。

できうるなら、戦争になんかなってほしくない。今、どこかで戦っている人たちは、無事に家に帰ってほしい。気がつくと、そんなことを祈りながら、私は布を縫っていた。

このカレンダーを使うのは来年である。その時、私はどんな気持ちで布を縫っていた時のことを思い出すのだろう。

(「プロムナード」日本経済新聞夕刊　2017・9・13)

初めての経験

義父は、亡くなる前、歯が悪くなって何を食べてもうまくないとよく愚痴っていた。テレビでグルメ番組が流れてくると、義父はそれを観るたびに、「うん、知ってる。これはたしかにうまかった」と言い、その後、「もう味は知ってるからええねんけどね」とつけくわえる。私には、それは強がりにしか聞こえなかった。

しかし、自分が六十歳になると、義父の言いたかったことがわかるようになった。たいていのものは食べて知っているので、今さら食べたいものなんて、本当を言うとない。コンビニなんかに行くと、毎日のように、スイーツやら飲み物の新商品が棚に並んでいるが、おおよそ味は想像がつく。どうあがいても、生まれて初めて食べた物に勝てるわけがないと、私は思ってしまう。

子供の頃、初めて一人で一本飲んだコーヒー牛乳はうまかった。牛乳瓶の飲み口は、ぽってりと厚く、それが唇にあたる感触は、今も覚えていて、駅の売店なんかで空き瓶が箱の中に並んでいるのを見ただけで、会社帰りに一気に立ち飲みしたコーヒー牛乳はうまかったと思ったりする。生まれて初めて食べた苺の生クリームのケーキの衝撃。百貨店の食堂で運ばれてくるホットケーキの幸福な匂い。汚い中華料理屋の二階の座敷で、ようやく立ち始めたばかりの私が父の肩につかまっていると、口に押し込まれた餃子の

かけら。噛むと小麦や肉汁や野菜の味が酢醤油と一緒に口の中に広がっていった。私は、名前を知らないこの食べ物に夢中になった。

初めての経験は鮮やかな記憶を残す。ふいに、死んだ姉のことを思い出す。生まれて、一日半だけ生きて、亡くなってしまった姉のことである。その頃の習慣なら、役所に届けないのが普通であったらしいのだが、祖父は不憫《ふびん》だと思ったらしく、房子《ふさこ》と名付けて、出生届と死亡届を一度に出しに行ったらしい。祖父の名前が房太《ふさた》なので、房子にしたのだという。それは、亡くなってからつけた名らしく、姉は名前のない短い人生を送った。

姉は、目を開いて少しはこの世を見たのだろうか。耳を澄ませて何を聴いたのだろう。ここにいるぞと声を上げることはできたのだろうか。私は、生まれたばかりの姉が、十一月の冷たい風を感じたのではないかと思っている。ご飯の炊ける匂いをかいだのではないか。明け方、障子がうっすらと明るくなるのを見たのではないか。

短かったからといって、意味がないとか、かわいそうと思うのは、私の思い上がりのような気がする。姉には姉の、それは鮮やかな彼女だけが知る初めての経験があったはずだ。

長く生きた人も、突然亡くなってしまった人も、それは同じなのかもしれない。残った者が、もう少しとか、無駄に散ったと嘆くのは、もしかしたら、こちらの勝手な思い込みなのかもしれない。

義父は、何も食べられないと言っていたくせに、ときどき元町まで出て、豚足を買っていたらしい。亡くなった後、近所の奥さんから聞いた話だ。義父は、徳之島の出身で、子供の頃に食べていた豚足の味を、亡くなる直前まで忘れることができなかったのだろう。

人は、きらきらしたものでできている。誰も知らない、そういうものを抱えて生きているのだと思う。

（「プロムナード」日本経済新聞夕刊　２０１７・９・20）

マトリョーシカの中身

ダンナがマトリョーシカを片づけろと言う。マトリョーシカとは、入れ子になったロシアの人形である。大きな人形をパカッと開くと、その中に小さな人形が入っていて、その人形を開くと、さらに小さな人形が入っているというアレである。

私はそれを全部出して、本棚に一列に並べているのだが、ダンナはその場所に本を置きたいというのだ。いつも、そのことでケンカになる。私は動かしたくないのである。その人形は、そこにあるのが一番いいと固く信じているからだ。

無造作に置いているように思うかもしれないが、私は新しい物をもらったり買ったりしたとき、置き場所を自分に聞く。その物にとって一番良い場所というのがあって、私の場合、それが直感的にわかる。不思議なことに、ここでなきゃダメ、という場所が、どんな物にでも、必ずひとつだけあるのである。

それは、人も同じである。私は会社員になってすぐ、調査室という閑職に追われた人たちばかり集めた部屋へ転属になった。ということは、私もまた、会社にとって使いにくいOLだったのだろう。仕事を奪って会社に居づらくして、自分から辞めると言わせるための部署だった。

私はそこで、商品開発募集のポスターをつくらされた。お金がないので、絵はプロに頼めず、自分で描いた。それを見た子会社の社長が、これはよく出来てると感心して、私を自分の会社へと引っ張ってくれたのである。私は、そこで打って変わってよく仕事をした。遊びもし、よく笑って、よく話をした。あの時間は、今でも私の財産である。場所が人を育ててゆくというのは、本当だなと思う。

マトリョーシカは、私の友人からの預かり物である。私の部屋にぴったりだから、飾ってほしいと持ってきてくれたのだ。その友人もまた、置き場所にこだわる人だったのだろう。彼女は、一流企業に入社し、最初は「大丈夫かなぁ」と不安そうな顔をしていたくせに、定年間近の今は、どこから見ても余裕の企業人である。仕事が、その人の今

をつくったのだなぁと思う。無理をしたり、励まされたりしながら、少しずつタマネギのように皮を重ねて大きくなっていったのだろう。

私は、ダンナとのケンカに負けて、マトリョーシカをしまうことにした。コーヒー豆三粒分ぐらいの小さな人形を、それより少し大きな人形に入れる。それをまた次の人形にと繰り返してゆくと、どんどん大きくなってゆく。最後の人形を納めると、二十センチぐらいの大きさになった。裏を返すと、古い値札がついている。十ドル四十セント。そういえば海外出張の多かったお父さんからのお土産だと言っていた。空港でまだ小さな彼女のために人形を選んでいるお父さんの姿が目に浮かぶ。

その友人は、いつ会ってもきちんと髪を結い、完璧に口紅が塗られていて、私は感嘆する。そんな隙のない姿で、オフィス街を歩いているに違いない。でも、私は知っている。コーヒー豆三粒ほどの大きさだった頃の彼女を。あのとき、私たちは、まだ何にもなれず、ふにゃふにゃと柔らかかった。そのときのかけらが、まだ自分たちに残っているのを見たいから、私たちはときどき会う。笑って食べて飲んで、次の日、自分の体より大きなマトリョーシカを体にまとい、それぞれの仕事に戻っていくのである。

（「プロムナード」日本経済新聞夕刊　２０１７・９・27）

私の帰る場所

朝起きると、雲ひとつない晴天だった。母は先週から旅行に出かけていて、昨夜、帰ってきているはずだと思い出す。私は母に電話をしてみるが、何度コールを鳴らしても出てこない。今日は、家にいると言っていたはずである。空は抜けるように青く、そのことがかえって不吉な気分にさせる。

私はあわててダンナに朝食を食べさせる。その間、母に電話をかけ続けるが、やはり応答はない。私はケータイを持たないので、母のケータイ番号を知らなかった。その迂《う》闊《かつ》さを歯がゆく思いながら、家を飛び出した。

義父が亡くなったのは、早朝だった。いやな予感がして電話をするが出てくれず、駆けつけると、義父は納戸に倒れて亡くなっていた。私は、犬みたいに義父のまわりをぐるぐるまわって「お義父さん、お義父さん」と吠えるように叫び続けた。その後は、救急車を呼んで、警察が来て、お義父さんを検死してくれる場所まで運んで、そこで死亡診断書をもらって、そこから葬儀場に運んでと、私は言われたとおり、ただ波に押し流される浮輪のように移動していった。そうだ、私は、まさに中身がからっぽの浮輪のようだった。頼りなく、ふわふわした、地に足のつかない感じ。

朝の電車の中で、私は義父を亡くした朝と同じような、ふわふわした心持ちだった。

母は八十四歳の独り暮らしで、突然亡くなってしまっても不思議ではなかった。

電車を降りて、通学や通勤でいやになるほど歩いた坂道を下りてゆく。父がガンになって、自宅療養することになったときも、よくこの坂道を上ったり下りたりした。父は、最後まで生きることに執着した人で、なかなか死を受け入れることができなかった。絶対に復活すると言い張っていたが、やがて、もうダメかもしれないと弱音を吐くようになっていった。父は、死ぬのが怖いと言った。私は、何の根拠もなかったが、「死ぬと、きっとお母ちゃんのところへ戻ってゆくんやと思うよ」と言うと、父は懐かしそうな顔になって、ようやく納得したのか何度もうなずいた。父は、母を小学三年生のときに亡くしていた。父に帰る場所があるとするならば、そこだろうと私は思ったのだ。

坂道を歩きながら、私の母が、私の帰るべき場所が、今、失われたかもしれないと考える。亡くなった義父をあちこち運んだ、つらい朝のことが思い出される。実家に着くと、朝一番に干してあるはずの洗濯物がない。胸をどきどきさせながら、鍵を開けて入ると、家はからっぽだった。どの部屋も、きれいに片づけられていて、そのようすに私の胸が詰まる。母はおらず、ようやくケータイの番号を探し出し電話をすると、いつもの元気な母の声が出た。まだ旅行中だと、海の見える明るい空の下にいるせいか、声がはずんでいた。私が、帰る日を勘違いしていたらしい。雨戸の閉まった薄暗い部屋で、

母の声を聞きながら、よかったぁと思った。私には、まだ帰る場所があったんだ。でも、私は知っている。そう遠くない将来、ここはいつかなくなってしまうことを。だから、私は大切にしたいのだ。かつて、父や母が私にしてくれたように、この家のすべてを抱きしめたかった。私は外に出て、明るい空の下、ダンナの待つ家に向かった。

（「プロムナード」日本経済新聞夕刊　２０１７・10・４）

上を向いて歩こう

テレビの台本に「はげちゃびんになってしまった」と書いたら、プロデューサーから、誠に申し訳ありませんが、この部分を他の表現に変えていただけませんでしょうかと、とても恐縮した内容の連絡があった。放送局が「はげちゃびん」の部分がダメだと言っているらしい。「つるつるてん」ならセーフらしい。

先方の言いたいことは、よくわかる。たしかに、身体のことをどうのこうの言うのは、よくない。第一、品がない。テレビの作家をしているので、そういうことは人より気をつけているつもりだが、ときどき子供の頃に使っていたコトバが飛び出してしまう。すぐさま返事を出す。では「取り返しのつかないものになってしまった」に変えて下さい、

と。どう考えても、前よりきつい表現になっているのに、なぜか、そちらはすんなり通ってしまう。

お店でサラダを百グラム買うと、二グラム多いけどいいか、ドレッシングは何にするのか、保冷剤はつけるのか、箸はいるのか、ポイントカードは持っていないのか、カードのポイントはそのままにしておくのか、一応、保冷剤をつけているが帰ったら冷蔵庫にすぐ入れろ、とものすごいスピードで店員さんに言われる。そのすべてに返事をしながら、小銭を数えて支払いを済ます。私だけではなく、来る客すべてに同じことを言い続けている店員さんは、すごいなぁと思う。

世の中は、いつも先回りしてくれる。ネットで何かを買えば、あなたは次に、こんなものが欲しくなるはずだと教えてくれる。こういうものを買ったらもっと快適に暮らせるはずだ、と世の中は言う。気持ちの悪いことはこうやって排除しましょうと提案してくる。こんなことを続けていると、私たちは、何がよくて何が悪いのか、自分の頭で考えられなくなるのではないか。

先日、妹と電話で話していると、私の冷蔵庫の中にある物が贅沢すぎると、突然怒り始めた。うちは仕事の打ち合わせを家でするので、いただきものがとても多いのである。妹は自分がいかに節約して暮らしているか、くどくど言い続ける。そして、まるで冷蔵庫の中身が致命的な不幸のように嘆いた。

妹の家は、郊外の緑あふれる中にある広い一軒家で、庭にはデッキまでつくって家族でバーベキューをしたりしていた。以前は大きな犬も飼っていた。車もあるし、どう考えても、CMのような暮らしをしているのは妹の方である。なのに、冷蔵庫の中が乏しいという一点だけで、なぜか自分が不幸のどん底にいると思い込んでいるのである。妹は、自分の頭で何が幸せで何が不幸なのか、考えるのをやめてしまったのかもしれない。足らなければとにかく不幸、なのだろう。

家に向かって歩いているとき、見事な夕焼けに思わず足を止めてしまう。ピンクやグレーの雲が、どんどん形を変えてゆく。何も悪いことが起こらずに一日が終わってゆこうとしていることに、私はほっとする。あるいは昼間、雲ひとつない青い空を見上げると、ウソも秘密もないように思えて、自分もまたそうであることに、私はありがたいと思う。早朝の空、冷たい空気の中で、朝日と一緒に今日もまた新しい自分が始まることに、しんとした喜びがこみ上げてくる。幸せぐらい、自分の力で見つけるべきである。

（「プロムナード」日本経済新聞夕刊　２０１７・10・11）

この私

朝、新大阪から新幹線に乗ると、あれはどのあたりだろうか、在来線の通勤電車とぎりぎりまで近づく場所がある。こちらがシートを倒して旅行気分でコーヒーかなんか飲んでいるとき、会社に向かうサラリーマンたちが詰め込まれた電車の窓が、顔が見えるほど近づくのである。十一年間、会社でOLとして雑用をしていた私は、こういうとき、ちょっとだけ優越感にひたる。

私がOLをしているとき、ラジオドラマのコンクールで、一等賞を立て続けに三回取ったのだが、ラジオドラマに馴染みがなかったせいか、会社の人たちの反応は薄かった。ところが、賞金の総額が八十万円ほどになったと言うと、突然、すごいなぁとみんなが褒め始めたのである。

何しろ、仕入れは原稿用紙だけである。それが八十万円で売れたということに、驚いた。一つの部品を売って五円の口銭《こうせん》という仕事でも、新規に商売先を得ることが、どれほど大変なことか、みんな身に染みて知っていたからである。

しかし、作家になるため、私が会社を辞めると言うと、みんなが反対した。たしかに、次に書く仕事があったわけではなく、貯金もゼロだったし、おまけに独り暮らしまで始めてしまったので、お金は大丈夫なのかと心配してくれた。それは私自身も、一番心配

していたことだった。

その心配通り、お金のない生活を何年も続けることになるのだが、不思議なことに、お金がなくて辛い思いをしたことを思い出さない。

パン屋の前を通ったとき、食パンのミミが一袋二十円で売っていて、そのとき家にもポケットにも十七円しかなかった私は、「そうか、私はパンのミミも買えないのか」と思ったが、それは絶望というより、そんな状況でもまったく平気な自分を頼もしく思う方が強かった。お金がない状態が怖いのは、むしろお金があるときで、なくても日常は淡々と過ぎていってくれるのである。

小麦粉にはよくお世話になった。パンやうどん、肉まん、餃子、ピザ、お好み焼きと何でもつくった。つくりたては、買ってきたものよりはるかにうまかった。ただ、冷凍にするとなぜかまずくなってしまうので、つくったら、つくっただけ食べるという生活だった。安い魚が手に入ったときは、干し魚にした。燻製も中華鍋と大きなボウルで簡単につくれたので、よくつくった。ダンナは私より料理がうまくて、私がせがむと、パンに海老のすり身をはさんだものを揚げてくれた。

車椅子で、料理ができなくなったダンナは、そのことを今でもよく覚えているのだろう、天ぷら屋で海老パンが出てくると、好きやろうと言って、必ず私にくれる。そんなとき、どこからどこまでが不幸だと区切ることなどできないなぁと思う。幸せなことと

不幸せなことは、人生の中で複雑にからみあっている。その瞬間には意味があったことも、時間が経てばそれも薄れてしまう。ずっと幸せであり続けることもないし、いつまでも不幸であり続けることも、またないのである。

新幹線から、通勤電車が離れていく。あのとき会社を辞めなければ、まだ私は、あそこに乗っていたのだろうかと考えて、いやいやそうじゃないと思いなおす。もしもなんて、この世にはない。すべてを引き受けて、今、私はここにいるのだ。この私以外、私はいない。

(「プロムナード」日本経済新聞夕刊　2017・10・18)

私たちはタダである

恋というものが、一番尊いと思っている年代の人たちがいる。それは七〇年代に青春を過ごした人たちのことである。時代は、ラブ・アンド・ピースであった。

私もその年代に入るというのに、なぜか恋愛には懐疑的である。それは、私が徹底的にもてなかったということもあるが、当時、恋愛には商業的なものがついてまわって、お金と直結していたのが生理的に嫌だったのだと思う。

特に八〇年代、女子の買うバレンタインデーのチョコや、男子がデートに誘うために買う車、クリスマスや誕生日のたびに贈られる有名ブランドのアクセサリー、スキーやテニスで泊まるケーキみたいな外観のペンションと、恋愛はとにかくお金のかかるものだった。つまり、たいへん贅沢なものだったのである。

そういう贅沢をさせてもらって、ようやく女子は結婚に踏み切る、という儀式のようなものがあった。つまり、女の子は自分にいくらの値段がつくのか試したいのである。その実績を思い出としてたずさえ、家事、育児、介護という主婦としての労働が待つ結婚生活へと突入していくのである。

OLをしているとき、お弁当を食べながら、絶対に売春なんてイヤだよねぇという話になった。三十万円でもイヤだよ、いやいや百万円でもイヤだわ。じゃあいくらならやるのよ、という話になった。二千万円でもねぇと同僚はしぶる。誰かが、家を買ってくれたら、いいんじゃないのと言い、そこにいた全員が、家だったらねぇと同意した。当時、一戸建ての家は相当な値段だった。でも、それって結婚なんじゃないのと誰かがつぶやいた。そこにいた全員が、はっとした顔になって、その後、暗い顔で「そうだよねぇ」と息を吐きだすようにつぶやいた。

すでに当時から、結婚は若者にとってリスキーなものだった。そのことをしばし忘れさせ、現実を甘くくるんでくれるものが恋愛だったのだと思う。

その甘くくるむものの正体は、自分につく値札である。仕事や家庭でさんざん価値がないと言われ続けている人が、恋愛をすると自分には価値があると認めてもらったような気がする。結婚前、高い値段がついていた自分自身をもう一度確認したくて、主婦が不倫に走るのだとすると、ちょっと切ない。それは、今の自分に価値がないと思っているからに他ならないからだ。

昔、つぶれそうなレンタルビデオ屋さんの店頭のワゴンに、アダルトビデオが二束三文で売られているのを見て、ついにセックスの値段はここまで落ちたのだと思い、「やった」と私は叫んだ。このまま、タダになってしまえばいい、そう思ったのである。

そもそも、なぜ自分のセックスに値段がついているのだろう。せめて、それぐらいは売り買いできない、自分自身のものであってほしいと私は願う。

高価そうな物をちらつかせ、あるいはスカートの下をちらつかせながら、あなたにはそれだけの価値があると言って近づいてくる人がいたら要注意である。私たちはタダであることを思いだそう。道に落ちてる子猫と同じで、何の価値もないですと言おう。ご冗談でしょうと笑い飛ばして、自分を自分自身のものにしておこう。

（「プロムナード」日本経済新聞夕刊　2017・10・25）

陰で笑う

怖い絵ばかり集めた展覧会というものがあるらしい。私が特に怖いと思ったのは日本の古い絵で、医者が患者を診ているのだが、片方の目から血が噴き出ている。医者の手には錐《きり》のようなものがあって、それを血の出ていない方の目に近づけているという絵だ。実は、この医者は患者が失明するような治療をわざとしているのだという。怖いのは、そのまわりの者たちで、側にいる家族と思われる者は、その様子を見て口をおおって笑いをこらえている。障子の陰で見ているのは、この家の下男下女らしく、彼らもまた主人の災難を知っているらしく、ニタニタ不気味に笑っている。

一人だけ何も知らされずにその状況を笑うのは、テレビのバラエティでもよく見る。昔は「どっきりカメラ」という番組があって、私も好きだった。船に乗っていたら船長がやってきて、乗員オーバーなので、すまないけれど、今すぐ降りてくれと言う。そんなことを急に言われた乗客はオロオロするのだが、船長はおかまいなしに、その乗客の体に浮輪やら救命具やらをつけて、海に飛び込む用意をしてゆく。そんなのを見て、私はげらげら笑っていたわけで、思えばひどい話である。

しかし、ダンナはそれがおもしろいのだと言う。修学旅行の時、大騒ぎをしていたら、女性教師がやってきて騒いでいる者たちを廊下に立たせた。要領のよいダンナは、布団

の中にもぐりこんで眠っているふりをしたそうである。その時の、人の災難を、ぬくぬくした寝床で笑いを抑えつつ見ているのは、極楽のようだったと言う。ダンナいわく、自分の地位がゆるがない安全な場所にいるということがポイントなのだそうだ。

そういえば、アクション映画を観ている時、自分がその映画の中にいなくてよかったと言う人がいた。なるほど、自分が守られた場所にいるから、パニック映画は楽しめるのだろう。しかし、なぜみんなは、人が困ったことになるのを見るのが、こんなに好きなのだろう。

私は建前と本音をうまく使い分けることができない人間らしく、子供の頃から、仲間うちの秘密というものが苦手だった。中学の時、誰それがカンニングしているという噂がまわってくると、私は本当かウソかわからないことを陰でこそこそ言うのはよくないから、今から本人に確認してこようと言い、そこにいた全員からドン引きされた。こういう時は、不愉快でも、「へぇ、そうなんだ」と受け流すものらしい。しかし、そんなことはなかなか学習ができず、かなり浮いた存在だったと思う。そういう性格だったので、私自身も陰で散々笑われてきたと思う。そんな私を、惨めなヤツだと笑う側はさげすんでいただろう。しかし、それは残念ながら違う。惨めかどうか決めるのは私自身である。私が惨めだと思わなければ、惨めではないのである。他人は、私を汚《けが》すことなどできない。私を汚すことができるのは、私だけである。自分が惨めだと思ったときだけ、

私は本当に傷つき、汚されたような気持ちになるのである。障子の陰で笑っているのは、自分の身を守るために右往左往しているような連中なので、そんな人たちが何を思おうが気にとめることはない。

うっかり、笑われる側にまわってしまった人に言いたい。あなたが惨めだと思う必要はありません。

（「プロムナード」日本経済新聞夕刊　２０１７・11・１）

見てはいけないもの

明るい照明の下、家族が集って食事をしているショウウインドウがあった。マネキンたちは、互いに見つめ合って微笑んでいる。その下にホームレスの男性が新聞紙を敷いて眠っていた。

八〇年代に入ったばかりの頃で、ＯＬをしていた私には、その光景はショックだった。もう冬に入ろうかという時期で、人形たちがぬくぬくとした恰好なのに、男性の足は裸足だったからだ。そんな光景に立ち止まっているのは私だけだった。夕暮れどきだというのに、みんなは、すごいスピードで目的地に向かって歩いてゆく。そのことも、また

ショックだった。時代は、制度がゆるみ自由になりつつある頃だ。しかし、自由になるということは、人に対して無関心になるということでもあるのだと、その時、私は初めて気づいたのだった。

四十年近く経ち、無関心は当たり前のことになってしまった。見てはいけないものは徹底的に無視をする、というのが今の常識らしい。

私が歩道を歩いていると、しゃがみ込んでいる人がいた。きれいな色のズボンをはいているなぁと寄ってゆくと、それは裸のお尻だった。普段は見せない部分の肌の色は、思っているよりきれいなものである。彼女は（なんと女性だった！）そこで用を足していた。私は驚いたが、さらにびっくりしたのは、まわりの人たちには、彼女がまるで見えていないことだった。あれは何なんだろう。意図的に見えないふりをしているのか、それとも、私たちは、あってはならないものに遭遇すると、自動的にシャットアウトしてしまうのだろうか。

私も道端でしゃがみ込んでしまったことがある。バケツで受けねばならぬほどの大量の鼻血が出てきて、とはいうもののバケツなどなく、なんとか植え込みの陰に移動して、しゃがみ込み、ただただ血を出していた。私からは歩く人の足しか見えない。子供連れのお母さんが歩いてくるのが見えて、私は鼻血を出しながら、弱ったなぁと思う。案の定、子供とお母さんの足が少し離れたところで止まった。その止まり方で、お母さんが

困惑しているのが手に取るようにわかる。たぶん、私は今、「見てはいけないもの」になっているのだなぁと思うのだが、血は止まってくれない。近くの店の人が救急車を呼んでくれて、私は担架で運ばれる。救急車の中で、凍りついたお母さんと子供の足下を思い出し、もちろん救急車を呼んでくれた人は親切でそうしてくれたわけだが、同時に人の目から、血を流す私を遠ざけたかったんだなぁと思う。

そのまま入院となって、二日後、出血した歩道に行ってみると、雨のせいもあって、鼻血の跡は消えていた。しかし、私の体の中には体液が詰まっていて、ちょっとしたことでそれは破れて、また噴き出すという事実は変わらない。お尻を出して用を足していた女性も、体の方が待ってくれず、やむを得ず起こした行動だったのかもしれない。

今、この原稿を書いているカフェの窓の下を見下ろすと、横断歩道をたくさんの人が渡ってゆくのが見える。しっかりとした足取りの人も、実は柔らかく、壊れやすい袋のような存在なのだろう。その中に流れている体液を、うっかり外に出せば忌み嫌われるのだなぁと思う。でも、それは生きている証拠である。見てはいけないものになる可能性は、誰にでもあるのである。

（「プロムナード」日本経済新聞夕刊　２０１７・１１・８）

あなたのことを許します

「許せない」と誰かに向かって口に出したことは一度もない。私は脚本家だが、ドラマでも書いていないと思う。ト書きとか、モノローグではあると思うが、口に出すのは、なんだか気恥ずかしいセリフだと思うからだ。他の人はどうなのだろう。夫婦喧嘩のときなんかに「許せない」なんて言っているのだろうか。もし、誰かに「許さないからな」と言われたら、なんて子供っぽい人だろうと思ってしまう。

だからといって、私自身が「許せない」と思ったことが一度もないというわけではない。もちろん、あるわけで、それもしつこく思っていたりする。かっこ悪いと思うから、口にしないだけである。

何がかっこ悪いのかというと、許せないというのは、私の今の惨めな気持ちをどうしてくれるのよ、と言っているのと同じなので、そういうコントロールできないものを垂れ流すということだからだ。

それと同じくらいイヤだなぁと思うのは、「許してあげる」というセリフだろう。そんなことを言われて、寛大な心に感謝しますとは、口では言えても、心ではケッと思うに違いない。何様なんだよ、お前は、である。人はどうやって、許したり許してもらったりしているのだろう。

私がまだ子供の頃、大晦日だというのに何が原因なのか、両親が喧嘩を始めた。これまでにない大きなやつだった。ところが、正月になったとたん、両親は昨日のことがウソのように、にこにこ笑ってオメデトウなどと言っているのである。それは、とても気持ちの悪いものだった。私が辛抱しきれず、どうなっているのか聞くと、正月から喧嘩はよくないので、七日までは休戦だと言う。その後、また始めるのかと聞くと、そうだと言う。ところが、一週間も経つと喧嘩の理由も思い出せず、一旦おさまった気持ちを怒りモードに戻すのは不可能だったらしく、再開することはなかった。というか、できなかったのだ。それぐらい、感情を持続させるのは、とても難しいことなのだろう。

それでも、私はずっと怒っていることがあった。今年になってから、ずっとである。口には出さないが、絶対に許さないからな、と思ってきた。ところがである。つい先日、その怒りが、まっいいかと、きれいさっぱり消えてしまったのである。

相手のことを死ねばいいのにとさえ思っていたのだが、ある日、それは違うのではないかと思ったのだった。自分に不都合な者は全部消えてしまえ、というのは、私が憎んでいた相手と同じ考えだと、はたと気づいたのだった。それは私が書いてきたドラマや小説と矛盾してしまう。人は到底わかりあえない、でもそれがそんなに大事なことだろうか、わかりあえなくてもやってゆける方法はあるのではないか、というのが私たちのテーマである。死ねばいい、は違うと思ったのだった。そう思ったとたん、荒

れ狂っていたものがきれいに消えてしまった。えっ、これが許すということなの、と私は困惑した。

消える雲というのを知っているだろうか。それは手品みたいに、見ているうちに、文字通り霧散してしまうのである。そして、気がつくと、突き抜けるような青い空だけが残っている。許す、というのは、そんな感じだった。口に出さなくても、とても気持ちがいいものだった。

（「プロムナード」日本経済新聞夕刊　2017・11・15）

うなずいている間に

中学一年の給食の時間、私は何かの委員をさせられていたのだろう、勝手気ままに振る舞う男子生徒に注意するが、まるで聞いてくれない。その前の日のホームルームで、委員が注意しても聞いてくれないときはどうするか、という話し合いがなされていて、その場合は「叩く」という案が採決されたばかりだった。

男子生徒に、私が「叩くよ」と迫ると、彼は「おう、叩けや」と居直った。まわりは、本当に私が叩くかどうか固唾をのんで見ているのがわかる。何の憎しみもない人を叩く

のは、思った以上に難しいことだった。私は手を振り上げてみせたものの、結局叩けなかった。他人の体など触ったことのない私には、叩くということはハードルが高すぎた。

横綱が後輩を殴ったというニュースを見て印象的だったのは、「こんな大事《おおごと》になるとは」と困惑している力士たちだ。

この人たちにとっては、体が触れ合うことは日常的なことなんだろうなと想像する。裸に近い姿で共同生活しているわけで、冗談で叩き合ったりもしているだろう。その中で信頼関係もつくってきただろう。人と人との距離感は私たちとは全く違うのかもしれない。

そういえば、知人が歌舞伎の楽屋見舞いに行って驚いていた。彼が目の前にいるのに平気で裸になるというのだ。その距離がとても近く、あんな中で子供の頃から過ごしているんですよ、そりゃあもてますよ、と言う。ああいう人は、女性にもすっと寄ってゆけるに違いないと、とても悔しがっていた。

OLをしているとき、課長を殴って会社を辞めた人がいた。とても穏やかな人だったので驚いた。しかし、そのやり方はちょっと古臭い感じで、へぇまだそんなヤツがいるんだ、というので話題になった。八〇年代に入ったばかりで、時代の変わり目だったと思う。私が入社した頃は運動会などがあって、社員同士が触れ合う場はたくさんあったが、会社が効率を重要視するようになるとなくなっていった。辞めた男性は、そんな変

化の中では異様に思われたわけで、そういう環境に嫌気がさして辞めたのかもしれない。

この頃から怒る上司が激減していった。怒って部下に嫌われるのは損だとみんな思うようになっていた。それでも、総務部に口うるさい年配の女性がいて、みんなから嫌われていた。私はその人に、こんな郵便物を出したら会社の恥になるのよ、とずいぶん叱られた。今思えば、たとえ嫌われても、これが私の仕事だし、それが会社のためになると信じていたのだろう。彼女もまた時代に合わなくなったせいなのか、退社してしまった。

困惑している力士を見ていて、教室で人を殴らねばならなくなった自分を思い出す。よくわからないうちに、全く違うルールの上にのせられて、私はなんだか腹立たしかった。でも、そのルールを決めるとき、私も賛成に手を挙げたのだった。そのとき、まさか自分にその結果が降りかかるとは思ってもみなかった。

世の中は、うんうんとうなずいている間に少しずつ変わってゆく。その流れにのれない人は、知らぬ間に振り落とされてしまう。

上司を殴って会社を辞めた先輩は、殴ったことで次に行けたのだろうか。それとも、まだ足踏みをしたままなのだろうか。


（「プロムナード」日本経済新聞夕刊　２０１７・11・22）

自慢したり、されたり

ダンナは小学生のとき、生まれて初めて家族で温泉に行ったそうである。風呂に入ると湯は赤色だし、見たこともない御馳走が並ぶし、珍しいことばかりで、家に帰ると、そのことを誰かに言いたくてしょうがなかったらしい。が、あいにく学校が休みで自慢する相手がいない。気がつくと学校にいたそうである。もちろん誰もおらず、しんとした校内にいつまでも一人でいたという。その話を聞いた私は、そこまで人に言いたい衝動などというものがあるのかと感心した。

私が小学生のとき、何かの話の流れで、雛祭りケーキの話になり、昨夜それを食べたと言うと、そこにいた全員から一斉に絶対にウソだと言われたことがある。当時、雛祭りのケーキは珍しかったのだろう。うちは金持ちではなかったが、母の気まぐれで買ったのだと思う。後にも先にも、雛祭りのケーキを買ってくれたのはそのときだけだった。

私はこの一件があってから、自慢すると人は攻撃的になると知った。なので、なるべくそうならないように生きてきたつもりだ。しかし、女性同士の会話は、とてもめんどくさい。たとえ褒められても、「そんなことないよ」と一回謙遜しなければならないのである。ちょっとした芝居みたいなものである。私はあるときから、それがめんどくさくなってしまって、「そうなのよ」と応じるようにした。「そうなのよ、私、センスいい

のよ」と返すわけで、するとたいていの女性は絶句し、とんでもない女だという目でこちらを見る。

ダンナは、女性の容姿を褒めると、必ず「何も出ませんよ」と言われるそうで、本当にそう思って言っているのに、なんでパターンで返すのかなとぼやいていた。人は案外、自分に自信がないのかもしれない。私も褒められるのは嬉しい。しかし、脚本や小説は、向こうも仕事だから褒めているんだろうと、どこかで思っている。

その人の本業ではないところを褒めるといいそうである。飼っている鯉とか、大切にしている盆栽とか、その人の趣味を褒めると、気難しい人もとたんに気を許すのだそうだ。私も最近はまっている刺繍を褒めてもらうと、かなり嬉しい。そこで自分が使った時間は無駄ではなかったと、人に認めてもらったようで嬉しいのだと思う。ずっと有意義なことばかりしていると、なぜか何のためにもならないことをしてみたくなる。仕事がたて込んでいるときにかぎって、関係のない本を読んだり、趣味に没頭してしまう。しかし、無意味なことをやっているのは世間様にそむいているようで怖いことでもある。だから、それを褒めてくれる人がいると、ちょっと救われたような気持ちになるのではないか。

自慢するというのは、みんなと共有したいということなのだろう。あるいは、こんないい目にあった自分を許してほしいということなのかもしれない。そういう気持ちをス

トレートに投げつけるのは失礼なので、まわりくどく「そんなことないよ」などという芝居がかった会話になったりするのだろう。

本当に雛祭りケーキを食べたのに、と小学生の私は寂しかった。休日の学校にひとり立っていたダンナもまた、同じように寂しかったんだろうなぁと思う。誰かと共有したいという思いは、私が考えている以上に根強いものらしい。

（「プロムナード」日本経済新聞夕刊　2017・11・29）

お布団はタイムマシーン

ダンナは、よく過去の夢を見るそうだ。車椅子の生活をしているのだが、夢の中では子供のときに遊んだ場所をトコトコ歩いているのだという。夕食を終えた後、お祖母さんにつくってもらったイカの形をした頭巾をかぶり、玩具の刀を腰に差し、これまたお祖母さんがつくってくれたおにぎりの入った風呂敷をたすきにかけ、武者修行に出て行くのだそうだ。電信柱に同じように夕食を終えた友達がひそんでいて、えいやっと斬りかかってくる。それをかわしながら、街をくるくる巡る夢らしい。その夢を見るのが楽しみなのだそうだ。オレにとって、お布団はタイムマシーンやと言っている。

私にとってのタイムマシーンは、タンスの中だろうか。捨てられずに残っている古い服を引っ張り出すと、一挙にいろんなことが思い出される。ノースリーブの黒いブラウスは、まだ脚本家としてスタートしたばかりのころ、NHKへ原稿を届けに行ったときに着ていたものだ。玄関をくぐるとき、この建物の中に自分の書いたものを待っている人がいると思うと心が浮き立った。私はまだOLで、タイトスカートにパンプスだったように思う。

ラジオドラマの部署に行くと、広々としたオフィスなのに、ほとんど人がおらず、なぜか今のダンナがぽつんと立っていた。会うのは二回目だったが、電話でよくしゃべっていたので、私が親しげに近づくと、ダンナの方は事務机につかまって煮詰まったような顔をしていた。後で聞くと、私の容姿が自分好みだと初めて気づいたらしく、このまま付き合うと「得なんちゃうん」と思った途端、緊張してしまったそうである。ブラウスは安物で、もっと高いのもあったのにと、私は残念に思う。

家の中には、未来に向けて置いてあるものもある。食器棚の隅に、細長い陶器のカップが二つあるのだが、変わった絵柄で、銃を持った兵士が女の子を抱き上げている。そのまわりにも玩具や旗を持った子供たちがいて、輪になって喜んでいるというものだ。戦争が終わった記念のカップだと言われ、自分もいつか戦いが終わったら、これでダンナと乾杯しようと思って二つ買って帰ったものである。しかし、誰かと戦うこともなく、

買って十五年ぐらい経つが、思えば一度も使ったことはない。

それを買った頃は、本当に脚本で二人が食べてゆけるようになれるのか、不安でいっぱいだった。いつか、そのことから解放されて、晴々した気持ちで、このカップでダンナと乾杯したかったのだろう。これもまたタイムマシーンかもしれない。

でも、ダンナの言うとおり、やっぱりお布団が一番かもしれない。しんとした夜中にお布団の中に入っていると、ダンナと会ったばかりの頃を思い出す。暗い部屋、月明かりが床や掛け布団の上に影を落としている。横になったダンナが、隣にいる私に「君はボクのクリーンヒットや」と言った。客席に落ちるホームランではなく、クリーンヒットという言葉は、現在進行形のように思えた。自分が白い球になって、青い空をどこまでも飛びつづけているイメージで、それはまだ私の中にある。

日常生活は、過去と未来が渾然《こんぜん》と混じり合っている。その中を、今という時間が、止まることなく白球のように駆け抜けている。それが日々の暮らしというものである。

（「プロムナード」日本経済新聞夕刊　２０１７・12・６）

リメイク

十五年前に書いたラジオドラマがテレビドラマにリメイクされた。ラジオドラマの脚本なので、どうしてもセリフで説明することになる。ラジオだと、台本を持ちながらの収録となるので、書く方も遠慮なく長ゼリフをどんどん書いてしまうわけで、それがそのままテレビの脚本となってしまうと、当然ながら役者さんは全て覚えなければならない。テレビドラマで一人でべらべらしゃべるのは不自然だから、演技プランも考えねばならない。役者さんも大変だが、監督も、そういうシーンを飽きずに見せるというのは腕のいる仕事なのである。

打ち合わせに来たプロデューサーは、できるだけラジオ脚本のままでやりましょうと言う。その時は、役者や監督にそこまで迷惑をかけると思っていなかったので、そうしてもらえれば、私たちの方は労力ゼロなので、じゃあお願いしますと任せっきりにしていた。

放送できる状態になったものを完パケというのだが、そのDVDを送ってもらって観たら、なんだかとてもおもしろいのである。自画自賛のようで恐縮なのだが、内容がどうのこうのという以前に、よくこんなのが番組として成立したよなあと感心した。たくさんあるテレビ番組の中で、こんな気の抜けたのがまじっているのはおもしろいかもし

れない、と思ったのだ。無理強いしたことで、みんなが一生懸命何とかしようとしているところがおかしくて、ついつい観てしまうのである。

たとえば、コンビニなんかに行くと、マーケティングリサーチされつくされた商品が、客の心理をつかむように考えつくされた配置で並んでいる。そんな洗練された商品ばかりの棚の中に、突如、どこかのオバサンがつくった手作りの人形が置かれていたら、どう思うだろう。材料費は安そうなのに、やたら手が込んでいて誰が買うねんと言われそうなもの。私が観た完パケはまさにそんな感じなのである。

今の商品は、どんなものでもまず企画書がある。これがくせものなのである。取り上げられた企画書が画期的なものであったとしても、そこに失敗を最小限にするためのアイデアを入れ、さらに経費をいかに抑えるかという工夫をし、ようやく商品になるのである。私たちも、テレビドラマを書く時、そういうことを考える。そしていざ出来上がったものを見ると、どこかで見たようなものになっている。誰もが、画期的なものを望んでいるはずなのに、売れそうなものを一番に考えているので、結局、前にやったもののバージョンアップしたものに過ぎなくなってしまうのである。たとえば、十あるうちの一つぐらい、幼稚だが粗削りで何かおもしろいと思える企画があったなら、それを凄腕のプロ集団がそのまま、大真面目につくってみてはどうだろう。おもしろいものができるのではないかと妄想する。

私たちが十五年前に書いた脚本は、今の若い人たちが大真面目につくってくれたおかげで、シュールで、まるでSFのようなのに、懐かしいものになっていた。前編はすでに放送が終わってしまったが、後編は今週の土曜日に「道草」（NHK BSプレミアム23時より）というタイトルでオンエアされる。オンエアという言葉にふさわしく、空の上にのって、そのまま消えてしまうような、この世にあってもなくてもいいような、なつかしい駄菓子のようなドラマです。

（「プロムナード」日本経済新聞夕刊　2017・12・13）

この三十年ほどのこと

羽生善治竜王が、永世七冠を達成した、というニュースを見た。十五歳にして、すでにプロだったので、この三十年余り、毎日戦い続けて勝ち得た栄冠である。私たち夫婦も出会ってから三十年ほど経つ。出会ったのは、大阪のNHKだった。そのとき偶然、羽生さんの奥様を見かけた。ドラマ現場への差し入れなのだろう、大きなケーキの箱を抱えて、ちょうど玄関に入るところだった。私たちはというと、「あっ、女優さんや」と、おおよそ業界の人間とは思えないほどのテンションの上がりようだっ

た。なので、羽生さんと結婚したニュースを見たときは、まるで関係ないのに「やるなぁ」と、友人ででもあるかのように二人で話したりした。

ただ奥様を見かけたというだけで比べるのは何だが、我々の三十年は、羽生竜王と同じ三十年とは思えないぐらい、情けないものだった。

二人が暮らしてきて、一番下らなかったのは、床のある部分だけが温かくなっているのに気づいて、ダンナが不思議だと騒ぎはじめたことである。「これは奇跡かもしれない」とダンナは言い、その温かい床に手を当て、ものすごく真剣な顔で何やら祈りはじめた。私も手を当てて祈ろうと思ったとき気づいた。これって、もしかしたら、さっきダンナが入ったお風呂のお湯がこの下を流れているだけじゃないの、と。我々は、汚れ水に必死に祈っていたのである。

汚れ水で思い出すのは、ダンナが脳内出血で入院して、その後、肺炎になってしまったときのことだ。朝、病院に着くと、熱に浮かされたダンナの耳の中に水がたまっていた。驚いた私は、あわててナースステーションに駆け込み、「大変です。脳から汚れ水が出ています」と叫ぶと、看護師はすぐにやってきてくれて、ダンナを見るなり、タオルでぐいっと拭き取り、「汗です」と言い放った。私は、てっきり脳から何やら液体が漏れたのだと思ったのだった。

大ゲンカをすると、怒ったダンナはよく家を飛び出した。それを私が追いかける、と

いうのがいつものパターンだった。儀式のように、繰り返しやっていたことである。その日も、必死に追いかけた。郵便局のあたりで見つけたのだが、何だかそのまま捕まえるのはおもしろくないなぁと思い、ダンナを追い抜いて走って行くと、ダンナは後ろの方で「あ」と間抜けな声を上げた。

その後、この追いかける儀式はどんどん簡略化されていった。ダンナが靴を履いたら、私は「まあまあ」と言い、服を着替えはじめたら「まあまあ」と言い、そのうち、カバンを押し入れから出した時点で仲直り、というふうになっていった。今は、ケンカになりそうな気配を感じただけで、互いに「ごめんね」と言うようになってしまった。そのスピードは、年々速くなっている。もしかしたら、もっと夫婦を続けていると、五秒ぐらいでケンカして仲直りするという方法を身につけてしまうかもしれない。

中島敦の『名人伝』という短編小説の中に「不射之射」というのがあって、名人を究《きわ》めると矢を射ることなく鳥を落とすことができる、という話が出てくる。我々もいつか、ケンカすることなくケンカをする方法を習得できるようになるかもしれない。そんなことができても、誰にも威張ることはできないけれど。

（「プロムナード」日本経済新聞夕刊　２０１７・12・20）

マイシークレットライフ

もとの水にあらず

八十一歳の母が「病院で追い詰められたんよ」と憤慨する。眼科の診察室で、先生に「ドライアイなんですね？」と問われ、「いえ違います」と母が答えると、「さっきドライアイって言ったじゃないですか」と怖い顔で言われたというのだ。まわりにいる看護師たちまでもが「さっき、ドライアイって言いました」と口々に証言し、自信をなくした母は、「じゃあ言ったのかなぁ。私は目がしょぼしょぼするって言っただけなんやけどね」とつぶやくと、「それがドライアイなんです」と一斉に言われて、逃げ場がなくなってしまったそうである。「あんた知ってた？」と不満げに母に聞かれたが、私も知らなかった。

そんなことがあってテレビを観ていたら、目薬のＣＭで「しばしば、しょぼしょぼは、ドライアイ」と言っていたので、これかあと思った。どこかで見たり聞いたりしていたはずなのに、自分に関係ないと思って、頭に入ってなかったようだ。

ＯＬを辞めた途端、世間に合わせるのをやめてしまった。バージョンアップしつづけるパソコンのシステムや、流行の服や髪形、化粧法、新しいお菓子や、チケットをより安く買う方法など、最新情報と呼ばれるものは、会社の人たちとの付き合いがなくなった途端、知る機会も必要もなくなってしまったからだ。世の中が自分を置きざりにして動いているように思えた。しかし、それに慣れると、世間とぴったり寄り添っていない分、世の中が変わってゆくさまが、よく見えた。どこへ行くのか知らないが、コトバや考え方は、微妙にゆるゆると動いている。

若い頃は、世間というものは、お伊勢さんに売っている生姜糖《しょうがとう》板のようだと思っていた。いつまでも変わらず、固く、私の前に立ちはだかっていた。五十七歳の今は、世の中は、お湯でといた葛湯《くずゆ》みたいに頼りなく見える。私たちは何の保証もなく、ふわふわと葛湯に浮くあられのように生きている。情報をめまぐるしく更新し続ける私たちに、確固としたものなど何もない。

勤め人ではない私は、思い立って京都へ行き、平日の昼下がり、葵《あおい》橋の上で、方丈記の頃と変わらず流れる賀茂《かも》川を見ながら、そんなことを考える。

（「小説推理」双葉社　２０１５・４）

いつのまにか

私は嫉妬したことがない。そう言うと、ほとんどの人に「うそだぁ」と突っ込まれそうだが、本当のことだからしょうがない。

三島由紀夫がどこかで書いていたが、嫉妬というのは、絶望という真っ黒な水の中に仁丹ほどの輝く希望が一粒まじっていて、つい誘惑にかられて飲んでしまうことだという。それを読んで、なるほどと思った。そういえば、私には希望というものがない。

生まれた時から、四歳上の兄から「ブサイク」とか「くさい」とか「汚い」とか、ずっと言われ続けてきた。兄は長男ということで父から厳しく勉強を強要されていたので、ストレスがたまっていたのだと思う。女というだけで自由にさせてもらっている私や妹に当たる気持ちは今ならわかる。事実、子供の頃の私は、頭でっかちのおかっぱ頭で、兄の言う通りヘンな容姿の女の子だった。

しかし、当時、私が読みあさっていた児童文学では、みにくい者は、みにくいままでは終わらなかった。必ず、そんな登場人物は何かしらの力を持っていて、彼らは明るく世の中を覆してゆく。私は兄に「ブス」と言われるたびに、たしかにそういう世界もあるだろう、しかし、その兄の世界はとても小さく、そのことが反転してしまう世界も必ずあるのだ、と信じて疑わなかった。私は、そういうファンタジーに生きる女の子だっ

た。

先日、中途半端に時間が余ってしまった。地下街にいた占いのオバサンにみてもらうことにした。何をみましょうと言われて、私は詰まってしまった。私には、悲観する自分(絶望)も、なりたい自分(希望)もないからだ。しかたがないので、「この先、何かとんでもない失敗をするでしょうか?」と聞いてみた。オバサンは、「失敗なんてしないよ。だって、アンタはできることしかしないもん」と即答された。その通りだった。絶望も希望もないということは、ただただ現実をみつめて、そこを生きてゆくということなのだ。私は、昔も今もファンタジーの中に生きていると思い込んでいたが、いつのまにか、ものすごいリアリストになっていたらしい。だからだろうか、嫉妬している時間は、何かもったいないと思ってしまう。

(「小説推理」双葉社　2015・5)

思っているのと違う

思っているのと違った、ということはよくある。ダンナが若い頃、夕御飯を食べそびれて、閉店間際の小料理屋で腹を満たそうとした。ダンナは酒は頼まず、魚そうめんだ

けを注文した。店のお兄さんに、量が少ないですよと注意されたが、かたくなに注文を替えなかったそうである。魚そうめんは、小鉢に、ほんの少し上品に盛られていて、それを見て「あッ」と思ったらしいが、何ごともなかったかのように食べて店を出たそうである。あんなに恥ずかしかったことはなかったという。

男の人は、自分のイメージにこだわるようだ。私がまだ二十歳になったばかりの頃、電話ボックスに健康保険証を置き忘れてしまった。幸い拾ってくれた人から連絡がきて、落とした場所で待ち合わせをした。やってきたのは中年のオジサンだった。彼は私の顔を見て下を向いた。たぶん、彼は彼なりに妄想をふくらませていたのだと思う。若いOLに感謝されるというシチュエーションに、少し興奮していたのかもしれない。なのに、あらわれたのは色が黒くてやたら背の高い女の子だった。彼は私と目を合わせず、私が差し出したお礼のお菓子を、ひったくるように小脇に抱えると、一言も発さず、まっしぐらに去って行った。そのお菓子は横にしない方がいいと伝える間もなかった。私が、彼の思い描いていたOLとあまりにも違っていて、自分の妄想が急に恥ずかしくなったのかもしれない。

父が、喫茶店のウエイトレスのエプロンがかわいいからと、頼み込んで分けてきてもらったことがある。真っ白で縁にフリルのついたものだった。こんなのが似合う娘であってほしいと思っていたのだろうけれど、見るからに私に似合わないものだった。思え

ば、私は、みんなが思うような女の子ではなかった。男子社員に、男だったら殴ってると言われたこともあった。とにかく誰かの思い通りである女の子ではなかった。

私は、思ってもみなかった、というのが好きだ。ダンナに魚そうめんをドンブリ一杯出して、驚かせたりする。考えつかなかったことに相手が驚くのを見ると嬉しい。なので、自分の書いたドラマがスタッフの知恵と工夫で、私が考えた以上の出来になっているときなど、「うわぁ、やられた」と嬉しくなる。自分の思い通りになるのを見届けることの、どこがおもしろいのか、私にはわからない。

（「小説推理」双葉社　２０１５・６）

できれば、やりたくない

知人の子供が通っている小学校では、全ての児童に何らかの係を担当させるという決まりであるらしい。私が子供の頃にも、飼育係とか図書係とかあったが、クラス全員となると係の方が足らなくなるのではと心配になる。

「拍手バンザイ係っていうのがあるんですよ」と、その知人は言う。クラスの誰かが、いいことを言ったり、やったりした時、「はい、拍手〜〜ッ！」と、きっかけの音頭を

取るのだそうだ。なんだか、テレビのバラエティー番組で進行をつとめるアシスタント・ディレクターのようである。そういうのが得意な子はいいけれど、苦手な子は困るだろうなぁと思う。

中学一年の時、私はフォークダンス委員というものに任命されてしまった。体育祭で全校生徒がフォークダンスを踊るのだが、それをクラスに教えて踊れるようにする、という係である。当然ながら、そんなものに誰もなりたくない。クラスで一番ぼんやりしている男子と、クラスで一番地味な私が選ばれた。

十代といえば、異性に対して必要以上に意識する年頃である。「男女で手をつないで下さい」と私が何度も大声で言うが、誰もつなごうとしない。時間だけがどんどん過ぎてゆく。もう一人の係であるはずの男子は、完全に仕事を放棄して、しらんぷりである。生徒たちは飽きて、おしゃべりを始めていた。

やりたくもない係を押しつけるだけでは飽き足らず、自分たちは関係ないとフォークダンスをしようともしない。そんなにしたくないのなら、先生にそう抗議するべきだろう。この無責任さは何なんだと思った。気がつけば私は完全にキレていた。ものすごい形相で、「手をつないで下さいッ!」と大声で泣き叫んでいた。その瞬間、全員がスイッチでも入ったかのように、いっせいに手をつないで輪になった。泣き出したのは自分の責任ではない、とでもいうように。

人間は何人か集まると、とたんに無責任でずるくなる。その後、いろいろ役を背負わされるたび、そのことを思い知った。今でもみんな、何かの役を押しつけられ、そんな思いをしているのだろうか。

（「小説推理」双葉社　２０１５・７）

帰れない

ジオラマとか、ドールハウスとか、小さく再現されたミニチュアを見ると、胸をきゅっとつかまれたようになって、その場から離れられなくなってしまう。神様になった気分で、見下ろしているからか、そこに流れている時間、例えば夕暮れの踏切の風景なんかを再現していると、その時間まで自分のものになったような気になる。

時間に追われて暮らしていると、目の前のことで精一杯だ。ふと、自分が何も見えてないのではないかと不安になる。そんな時に占い師にみてもらったりするのは、自分の人生を全部見渡してみたいという思いに駆られるからだろう。ギャンブルもまた、そうかもしれない。自分ははたして、運がいいのか悪いのか、確かめてみたくて、人は賭け事をするのではないか。

昔、書くのをやめようと思った時期がある。その頃、兄の会社の事務を手伝っていた。トレンディードラマが主流のテレビの中には、自分の書くものが入り込む隙など、どこにもないように思えた。テレビも仕事も世の中もおもしろくなかった。気がつけばパチンコにはまり、会社が終わった後、閉店まで打っていた。私は自分の才能や運に、まだ目があるのか知りたかったのだと思う。勝てば大丈夫だと根拠なく思い、負けると自分の未来は真っ暗のように思えた。

疲れ果てて、パチンコ台の前に突っ伏していたら、蝶ネクタイの年配の従業員が、「もう帰った方がええで」と声をかけてきた。その人が声をかけてくるのは初めてだった。その日が最後の勤めだったらしく、次の日からいなくなってしまった。でも、私はやめなかった。どんなに負けても、次の日、パチンコ台の前に座ると、自分の運命は、まっさらになって、これから始まるように思えたからだ。ドールハウスを前にした時のように、時間は全部自分の手のうちにある、と思いたかった。

二十年経った今、物事を思うように運ぶには、努力するしかない、ということを身にしみて知ってしまった。なので、あの頃ほどパチンコに熱中することは、この先もうないだろう。蝶ネクタイのオジサンに、ばったり会うことがあったなら、「私、ようやく家に帰れましたよ」と伝えたい。

（「小説推理」双葉社　２０１５・８）

タケノコ

女優のミムラさんが『文集』という本の中で、木皿泉の作品をあと何作観られるのだろう、と書いていた。たくさん書いてほしいけれど、木皿作品には絶対数が決まっているような気がすると彼女は言う。「〝絶対数〟とはお二人で決められた数、というのではなくて、〈春先に裏の竹林に生えてくる筍が今年は○本だった〉というような、誰にもどうにもできない数のような気がするのです」（『文集』SDP刊）。

そうか我々はタケノコか、うまいこと言うなぁと感心する。たしかにどんなものが出来上がるのか、自分たちでもよくわからないまま書き始める。とりあえず、まだ顔かたちのない主人公の悪口を、二人で言い合ったりする。「あんによ〜ッ」と言うのが口癖なんだよコイツは、みたいなことを言い合うのである。テレビドラマ『すいか』の時は、とにかく煮詰まっている主人公、とダンナが言いだし、主演の小林聡美さんが煮詰まった演技をしているところを二人で想像して、「それいいやん！」と大いにウケた。彼女なら絶妙の演技を見せてくれるはずだ。それを想像して、そんな主人公なら、こんなことに巻き込まれるんじゃないか、と話が転がってゆく。どこまでも無責任に、果てしなくそんなことをしゃべっているうちに、本当にこの人はいるんじゃないかと思えてくる。そうなると、その人物のシーンがリアルに思い浮かんでくる。それを書き写すのである。

構成などしない。不思議だが、しなくてもちゃんと決められた枚数で終わる。たぶん、頭が常にまとめなければならないと考えているからだろう。むしろ破綻させる方が難しい。それぐらい頭は堅っ苦しい。私がやらねばならないのは、筋を通すということだけだ。まっすぐに貫く棒のようなものを話の中に通してゆく。その作業はけっこう大変なのだが、その時は私も視聴者の気持ちになっていて、最後のシーンを観たいという一心で、気がつけば最終ページにたどり着いている。

たしかに私たちはタケノコだ。土の中で人の目を気にせず、まっすぐに伸びてゆく。最後まで書くと、ようやく先っぽが土から出て、世間のみんなに会える。掘り起こすのは別の人。我々は伸びる方向を間違えず、土の中で大真面目に遊んでいるだけである。

（「小説推理」双葉社　２０１５・９）

お義母さんに会う

久しぶりに墓参りに行って迷ってしまった。だいたいの場所は覚えているつもりだったのだが、歩けば歩くほど、「あれ、ここでよかったっけ？」と自信をなくし、ちょっと行っては引き返すのを繰り返しているうちに、大きな車道からそれて、いよいよわけ

のわからない鬱蒼とした林道へと入り込んでしまった。足元は苔がびっしり生えていて、人が踏んだ跡もない。あれだけ照りつけていた太陽は、背の高い樹木にさえぎられ、辺りはひんやりとしている。これはいくら何でも違うだろうと引き返そうとした時、頭上で大きな黒っぽい紫の蝶が大きく旋回《せんかい》した。「あッ、お義母さんだッ!」と思った。

誰も住まなくなったダンナの実家を取り壊すことに決め、その報告をするための墓参りだった。本当は壊したくなかったが、忙しい私には空き家の面倒までみる時間がなく、放置し続けていて、お義父さんやお義母さんに申し訳なく思っていた。私も暮らしたかもしれなかった家。お祖父さんが自己流の珍妙な日本舞踊を披露して皆で大笑いした縁側や、お義父さんが大事にしていた金魚をつかんで小学生だったダンナがこっぴどく怒られた庭。横長の台所では、お祖母さんやお義母さんや叔母さんが並んで料理をしたのだろうか。みんなが毎朝使っていた洗面台。足の不自由なダンナが、嬉しかったり悔しかったり、いろんな気持ちを抱えて上り下りしただろう階段。本当なら私が受け継がねばならなかった、家族が暮らしてきた形跡。そんなものを、時間とお金がかかるという理由だけで、私は壊そうとしている。

紫の蝶の軽やかな動きは、「気にするな」とひらひらと手を振ってくれているように見えた。私は、気がつくと泣いていた。そういえばダンナが言っていた。うちには女だけの家紋というのが代々伝わっていて、それは片羽の蝶の形だと。

ようやく広い車道に出た。振り返ると大きな蝶がもう一度姿をあらわした。今度は手の甲をこちらに向けて、「行け」と言っているようだった。ひんやりした道から出ると、照り返しの強いアスファルトだ。そうだった。死んだ人は、いつも味方だった。歩きながら、何の根拠もないのに、私は大丈夫と思った。

（「小説推理」双葉社　2015・10）

えらいことしてもうたッ！

OLの時、銀行から八千万円おろしてきてくれと言われたことがある。一瞬、持って逃げようかと考えた。が、母のことを思い出してやめた。

健康診断の朝、母は何も食べてはいけないと言われていたのに、お弁当をつくりながら玉子焼きの端っこを、何気なく口に入れてしまった。それを飲み込んだ瞬間、毒でも食らったように「えらいことしてもうたッ！」と叫んで吐き出そうとした。「あんなに食べたらアカンと思ってたのに、何で食べてしまったんやろッ！」と青い顔で狼狽《ろうばい》する母を見ていたら、子供の私までドキドキして、これは相当やばいことなのだと思った。この時の、取り返しのつかないという恐怖は、ちょっとコトバにできない。日常には、

そんな恐ろしいものが紛れ込んでいるのだと私の中に刻み込まれた。

結局、現金は必要なくなり、私は八千万円を見ずにすんだが、あの時、銀行に行って札束を見てしまっていたら、気持ちが揺れたりしたのだろうか。でもやっぱり、最後は、あの日の「えらいことしてもうたッ!」という母のコトバに恐れをなして、おとなしく日常に帰っていったと思う。

前に観た映画で、ヤクザが「音楽学校へ行きたかった」とつぶやきながら死んでゆくのがあったけど、誰にでも、あの時、ああしておけばよかったというのは、あるのだろう。お義母さんは、ダンナの頭を見る度に、「あ、取り返しがつかへん状態やわ。頭頂突起がまる見えや」と言ってなでていたそうである。ダンナの頭は絶壁である。お義母さんは、それは、赤ン坊のとき、寝かせたまま放置してしまった自分のせいだと引け目を感じていたのか、笑い話のようにそう言ったそうである。ちなみに、ダンナの取り返しのつかないことは、塩分の摂り過ぎだそうだ。タイムマシンがあったら、若い頃の自分に塩分を摂るな、脳の血管切れるぞ、と言いたいそうである。私自身はというと、年をとったせいか、取り返しのつかないことなどないと思うようになった。この世でできたことは、この世で解決するしかないと思うからだ。それでも「取り返しがつかない」というコトバを聞くと、やっぱり「怖いッ!」と思ってしまう。

(「小説推理」双葉社　2015・11)

リセットのやり方

親しい人に裏切られてしまった。ちょうどその頃、仕事で写真撮影があった。出来たのを見ると、しゃべっている時は笑っているのだが、ふとした瞬間、私は疲れ切った顔をしている。自分では、こんなことで傷つくわけがないと思っていたが、かなりこたえていたのだろう。

だまされたと嘆く人を、バカだと思っていた。こっちが勝手に都合のいいように思い込んでいたのが、実は違ったというだけの話じゃないかと。しかし、いざ自分がだまされる側に立つと、やっぱり腹も立つし、呆然としてしまう。

その人は、私のことを、死ねばいいと思っていたらしい。そうとしか思えないことをされたわけで、私は、どうもそのことで深く落ち込んでしまったようだ。

しかし、立ち直るのは早かった。当然、その人への親しさが急速に失われていったわけで、そうなると嫌悪感も同時になくなっていった。愛と憎しみはセットだというのは本当のことらしい。憎しみをなくしたいのなら、愛を手放せばいいのである。まだ好きだとか、別れたくないとか思うから、自分の中にある憎悪と向き合わねばならず、苦しいのである。嫌いになるというのではない。それは好きの裏返しなので、憎しみは消えてくれない。ほうっておく、という感じだろうか。もう関わりがないと思った瞬間、私

の頭はリセットされたようだ。

道を歩いていると、走る車から何かが落ちた。落とし物かと思って車を追いかける女性を、一緒にいた男性が「ほうっておけッ！」と太い声で叱った。「爆弾だったらどうするんだ」と彼は言う。なんかカッコイイと思った。そうだ、ほうっておくという選択が正解の場合もあるのだった。いちいちリアクションしたり、意図を汲んでやる必要などない相手もいる。人に嫌われないことばかり考えていると、こちらが傷つくばかりである。

裏切った人と、この先、また出会ったら、前と同じように親切にしてやれるのかと聞かれれば、できると私は答える。でも、やられたことは一生忘れない。リセットとはそういうことである。

（「小説推理」双葉社　２０１５・12）

世の中を回すためには

ダンナが車椅子の生活になった時、玄関の前の段差があまりにも高かったので、昇降機をつけねばならなくなった。そこは階段下で誰も使っていなかったが、集合住宅の共

用スペースなので、私は大家さんである会社に設置の許可を求めたが、どうしても承諾してくれない。理由は、共用スペースを特定の人が使うと不公平だからだそうだ。介護するのが私一人なので通院などの外出ができなくなってしまうこと、板を渡そうにも段差が高すぎて無理であることなどを説明したが、全く聞いてもらえない。話は堂々巡りだったので、私は「では、許可できない理由を文書で提出して下さい」と言った。何でそんなものを出さねばならないのかと相手の声が怒っている。「もし火事になって逃げおくれた時、そちらを訴えるためです」と言うと、上司と相談したのだろう、担当者がようやくやって来た。

つくってきたのは、私が言ったのとは異なる文書だった。ここにサインすれば許可をすると言う。居住者全てに私が許可を取ること、その上で何かトラブルがあった時は私が全て責任を取ること、という内容だった。もちろん、私はすぐにサインをした。許可を取りにゆくと、どこの家もとても親切で、どうぞ置いて下さいと言ってくれた。他に何かお手伝いできますか、とまで言ってくれるところもあった。

その大家さんである会社は、今、マンションの支持層に打ち込む杭のデータ改ざんで問題になっている企業の同列会社である。記者会見では、一人の社員の悪意ある改ざんであるように言っていた。そんなバカなと思った。個人が悪意だけで、そんな大きな罪を背負うだろうか。

電話口では、あれだけ強い調子でノーを言いつづけていた担当者だったが、家に来て、私たちの生活を見たとたん、ほとんど口を開かなかった。どちらかというと、同情していたのではないかと思う。彼は、ただただ自分の部署に責任がかぶらないようにしたかっただけなのだ。データを改ざんした社員も、そうしなければ業務が回らない、やむを得ない何かがあったのだろう。責任はかぶりたくない。でも誰かが責任を負わなければ世の中は回らない。

（「小説推理」双葉社　２０１６．１）

どこに価値がある

古い物が好きである。うちの母はきれい好きで、私の買ってきたものは、ホコリの塊《かたまり》にしか見えないらしい。

祖父の趣味は煎茶だった。母はその急須の茶渋をきれいに洗い落としてしまって、ひどく叱られたそうである。茶渋をつければつけるほど値打ちがあるらしく、煎茶仲間に自慢するつもりだったらしい。きれい好きな母は、汚れたものは洗わないと気がすまない。柿右衛門《かきえもん》の醬油差しもごしごし洗って、注ぎ口の部分を割ってしまった。また叱ら

れてはいけないと、ご飯粒でひっつけたそうである。ちょうど、祖父が持ったとたん、その注ぎ口がぽろっと取れてしまい、その時の「あれまッ！」と口をあんぐり開けた顔が忘れられないと母は笑う。私は、相当な値打ちであっただろう柿右衛門を思って、ため息をつく。

ある人には価値があるのに、ある人にはまるで価値のない物がある。台本や小説を書く途中のメモや下書きは、出来上がると全部捨てる。そう言うと、出版社の人は驚く。それは、もったいない、と嘆くが、私にはその意味がわからない。みんな、卵を食べてしまえば、その殻は捨ててしまうじゃないかと思うのだが、そういうことではないらしい。創作の過程という目に見えないものを、どんな形であれ見てみたいのだ。ドキュメンタリーの撮影も、書くところを撮りたいと言われる。字を書いているだけのシーンなんて、おもしろくも何ともないと思うのだが、何かが生まれる瞬間というものがあって、そこに価値があると思っているらしい。

私が価値があると思っているのは、クッキーぐらいの厚さの板状の仏様なのだが、それは素人が彫った雑な作りで、捨ててあっても誰も不思議とは思わないだろう。でも、誰かがずっと信じて持ち歩いていた時間が、この仏様にはある。とても大切なものと、どうでもいいものが、いっしょくたになっている様が、私にはとても大事に思える。私は、過ぎてしまった時間を買っているのかもしれない。買って、それを所有したい

のだ。そんなこと、本当はできないということは承知の上で、でもやっぱり古いものを買ってしまう。

（「小説推理」双葉社　２０１６・２）

自由時間

生まれて初めて入院した。年末に鼻血が止まらなくなってしまったのだ。止まったと思って、少し動くとまたすぐ出てしまう。そういうことが、もうすでに何日も続いていて、医者に診てもらっても、どこから出血しているかわからないと言われる。結局、このままでは日常生活が送れないので、入院となってしまった。といっても、別にどこかが痛いわけではなく、出血を抑える薬を点滴して、ただただ安静にするだけである。車椅子のダンナは、ケアマネの指示で、ただちに老人介護施設に入所させられてしまい、年末年始を、私たち夫婦は別々に過ごすことになってしまった。

私が一番幸せに感じるのは、朝からぐずぐずと寝床で本を読むことだ。思えば、長い間そんな生活をしていない。入院はちょっとした贅沢だった。ゴハンをつくる必要もないし、シーツは自分で替えなくてもよく、洗い立てのパジャマを持ってきてくれる。そ

うだった。介護をする前は、二十四時間、丸ごと自分の時間だった。その時の私はずぼらで、掃除も洗濯も食事も、好きな時間にやっていた。遅い時間に焼き肉を食べたり、何日も洗濯をしなかったり、夜中に出かけたり、それが当たり前の生活だった。自宅介護が始まると、おしっこが漏れてしまえば、着替えがなくなってしまうので、毎朝洗濯せねばならなくなった。薬を飲ませるために、決まった時間に三食つくらねばならない。夜遅くまで外で仕事をすると、動けないダンナは不安がるので早く帰らねばならなかった。気がつけば、介護中心の生活が身についていた。

入院して、「さぁ、自由だ」と思ったのに、一日が終わる頃、何もかもがつまらないと思っている自分に気がつく。それは、懐かしい感じだった。二十四時間、丸ごと自分のものだった時によく感じていた、つまらなさだった。そうだった。あの時、私は自由だったけど、つまらなかった。世の中から切り離されたように感じていて、自分が何者なのかよくわからなかった。

退院したら、まずダンナをお風呂に入れよう。そう思うと、なんだか明るい気持ちになってくる。知らないうちに、役割は私に励みと力を与えてくれていたらしい。

（「小説推理」双葉社　２０１６・３）

後戻りできない

友人が、昔はガーナのチョコで充分幸せだったのにねぇ、とため息をついた。掃除をすっかりすませた後、どれどれと家族に隠していたチョコのひとかけを食べるのが、この上もなく幸せだったそうだ。しかし、今は洗練されたチョコの専門店があったりして、そういうのを食べてしまうと、スーパーで売っているチョコでは、もう幸せを感じないのよねと言う。

知ってしまうと後戻りできない。昔、一緒に働いていた人は植毛をしていた。なぜ知ったのかというと、会社に来た請求書を私が間違えて開けてしまったからである。家に送らないようにしているということは、家族には知られたくないのだろう。知ってしまった私は、その人の頭を見る度に、意外とお金がかかるのだなぁ、大丈夫なのかなと心配してしまう。家族も、お父さんが植毛だと知ったとたん、見方が変わってしまうのだろうか。というか、本人が家族にどう思われるのかと、いつも疑心暗鬼になってしまうだろう。その人はそのことを恐れて、会社に請求書を送ってもらっていたのだ。

表面上は何も変わらないのに、知るか知らないかは、何もかもひっくり返ってしまうほど大きなことなのだ。国民的アイドルが解散の危機だとか、人気タレントが不倫していたといったニュースが連日流れた。楽しそうにしている人たちだったのに、実は生々

しい悩みを抱えていたのである。テレビの中でも歳はとってゆき、色々あるのは当然なのだが、知ってしまうと見る方も気を遣って、前のようには見られなくなっている。植毛を隠していた人も、家族に気を遣われるのがイヤだったのだろう。あれから二十年以上経っているので、毛が薄くなって当たり前の歳になっているはずである。本人も家族もそんなことに気を遣わずに暮らしているのではないだろうか。

人は変わってゆく。そのことをみんな知っている。知っているのに知らないふりをしている。言った方も、言われた方も、リアクションに困るからだ。何も変わってないということにして生きている。私は、ときどき、世の中の人がみんな、お芝居をしているように思える。

（「小説推理」双葉社　２０１６・４）

私だけのものです

私、近々結婚するんですけどぉ、木皿さんの闘病日記を読んだら、ここまで夫のこと思えるかなぁと心配になって、ちょっとマリッジブルーなんですよね、と仕事で会った女性が言った。闘病日記とは、ＮＨＫのＢＳプレミアムでやった私たちのドキュメンタ

リー番組のDVDブックに収録したもので、十年ほど前、ダンナが脳内出血で入院した時につけていた日記だ。この女性は何を言っているのだろうと思った。私の幸せは、私だけのものである。

日記は、手術室の前で、もしかしたらこれでお別れかもしれないと思って書いたものだが、それはそれ、今も同じ気持ちかと聞かれると、残念ながら違う。浅くなったとか、深くなったとかではない。一日おき、いや分刻みで私の気持ちは変わっている。そんな不安定なものを目標にして、それと違うから不幸だと嘆き、一緒だから幸せだと喜ぶのは、ばかげた話である。ある日突然、「幸せだぁ」とこみ上げてくるものがある。それは、何かのお手本に照らし合わせたものではなく、自分の体の中からわき上がってくるものだ。そんな話をすると、それって、生涯に何回くらいあるんですか、と聞く人がいる。だから、そういうものじゃないのである。

仕事がとてもよくできるプロデューサーが、私たちの書いたドラマのセリフがとてもいいと褒めてくれた。こんなにいいセリフをたくさん書いてしまったら、次の回はもう出てこなくなるんじゃないかと心配してくれる。優等生の彼女は、あらかじめ決められた数のセリフが私の中にあると思っている。それを、効率よく使わねば損だと考えているのだ。私の中は、そんな在庫を置く倉庫のようにはなっていない。あえて言うなら、からっぽにしないとわき出てこない井戸みたいなものがひとつあるだけだ。それがいつ

涸《か》れるかなんて、誰も知らない。だから、出る時に、ここぞとばかりにバカみたいにくみ上げるしかないのである。

マリッジブルーの彼女は、行き当たりばったりの私などをお手本にせず、自分の体からわき上がってくる幸せに耳をかたむけるべきである。あなたの幸せは、あなただけのものである。

（「小説推理」双葉社　２０１６・５）

マスター

古い本の整理をしていると絵本のようなものが出てきた。Pという店のマスターが描いたものだ。その店は居酒屋なのだが、言えば何でもつくってくれて、何を食べてもおいしかった。マスターは料理の天才で、百種類の卵料理をつくることができるらしいのだが、私が出入りする頃は、もうその卵料理に飽きていて、一回も出てこなかった。ドラマの打ち上げで、ダンナと初めて出会ったのはこの店だった。

その頃、私はOLをしながらラジオドラマを書いていた。ダンナも漫才やテレビの構成の仕事から、ドラマの仕事に移ろうとしている頃だった。私が書き終わったと言うと、

お祝いをしましょうとPで御馳走してくれた。なぜか他に客はなく、しんとした部屋で二人きりでニジマスを食べた。マスターは客のオーラが見えてしまう人で、人を見抜く力があったらしい。ダンナのことを、ワラビのような人だと言った。柔らかく、周囲に触手を伸ばすように気を配っているのだそうだ。まだ付き合ってもいなかったのに、二人は将来、田舎に住んで、ヤギを飼おうかと話し合っているのが見えると言った。マスターのコトバ通り、私たちは一緒になり、商店街で八千円のヤギを見つけた時、なつかしく思った。マスターは客から出されるイヤな気を全部受け止めてしまうタチだったらしく、いつもやり切れないというふうで、深酒が過ぎて肝臓を悪くし亡くなった。病気がわかると、南の島に移り住み、その生活を絵本に書きとめていたのだった。マスターは自分のことはあまりしゃべらなかったが、あらためて絵本をめくると、もっと生きたいという気持ちが伝わってくる。亡くなる直前、店に戻って来たが、もう料理することはできず、ずっと横になって休んでいた。最後に会ったとき、「もうセックスはええねん」と言い、「最終的には、おっぱいと、抱っこやな」と笑った。私は、あぁ、戻ってゆくんだなと思った。どこへかはわからないけれど、人はそういうふうになっている。もっと生きたかったマスターが教えてくれたことである。

（「小説推理」双葉社　２０１６・６）

計算通りの人生

人気のある女性タレントが、不倫をしているという週刊誌の暴露記事で、全ての仕事を失ってしまった。清潔で優等生、といったイメージで売っていたので、見ている人は裏切られたような気持ちになったのだろう。テレビから消えた彼女が、今の心境を手紙につづり、それが週刊誌に掲載されると、仕事の復帰をねらった計算がすけて見えると、さらに責める人があらわれる。暴露記事は、何週にもわたって情報を小出しにし、当事者を追い詰めてゆくもので、そんな週刊誌の計算は不問のまま、彼女にだけ計算が見えて小賢《こざか》しいと責めるのは、私にはどこか腑に落ちない。

家電の量販店で買い物をしていたら、「カードをつくりませんか、本日のお買い物で○○円の得になりますよ」と言う。しぶる私に、「来月解約しても○○円の得です」と、あらゆる場合を想定してみせて、その場合どれだけ得なのか電卓で見せてくれる。私は説明の途中で、「もう損をするバカなおばさんでいいです」と断ってしまう。店員は笑顔なのだが、バカだなぁ、みすみす損をしてという哀れみの目で見る。賢い選択、つまり一円でも損をしない選択をするのは当たり前で、そうしない人はバカなのである。そのくせ、要領よく自分より得をしようとする人があらわれると、たいていの人は憤慨する。

前出のタレントさんが以前、旅番組に出ていた。よく当たるという占い師が、あなたは、ずっとやりたくないことを我慢してやり続けている、と告げた。たしかに彼女は、若い頃からこの業界で活躍し続けてきた。つまり、大人の計算の中でずっと働き続けてきた人なのだ。でも大丈夫、近いうちにやりたいことをやります、と占い師が断言した。好きなミュージシャンとの恋愛は、計算するのに慣れきっていた彼女が、初めてそうではない事態におちいってしまった出来事だったのだろう。それは仕事をなくすほど責められるべきことだろうか。そんなことが一度も起こらない計算通りの人生の方がとんでもないと、私は思うのだが。

（「小説推理」双葉社　２０１６・７）

この世に出なかった仕事

ずいぶん昔に見た夢が忘れられない。私は古い小学校の中を歩いているのだが、その建物は巨大で、なかなか出口にたどり着かない。しかたなく地下へと下りてゆく。その途中、とんでもない霊気を感じ、私は引き返す方がよいのではと躊躇する。下へ行けば行くほど、夢だというのに、息ができないぐらい苦しくなってゆく。階段を下りきると

扉があった。尋常な霊気ではない。私は海にもぐる時のように息を止め、思い切って扉を開けた。そこは、六畳の畳の部屋だった。広く、大きな窓から燦々《さんさん》と陽が射している。木製の机と椅子、それに灰色のスチールの棚があるだけだった。机の上には何もなかった。ただ、スチール棚の上に油紙で包まれた物が三つ並んでいて、それらは麻の紐で十字にくくられていた。明るい部屋なのに、霊気の方は最高潮に高まっていて、いよいよ息ができなくなっていた。私は、こらえきれず外へ飛び出し、階段を駆けのぼった。あの部屋は何だったのだろう。夢から覚めた私は、棚の上にあった包みの中を見なかったことを後悔した。もしかしたら、これから書く作品だったのではないかと思えたからだ。

それから何十年も経って、と思うようになった。私は訪れたことはないのだが、亡くなった今も部屋はそのままにしてあると人づてに聞いたからだ。ずいぶん昔の夢で、そのとき知人はまだ生きていたから、時間の流れからいうと辻褄が合わない。そうなのだけれど、あれは亡くなった知人の部屋だと思うことで、私自身が慰められる。あの三つの包みは、その人がやるはずだった仕事なのだろう。残念ながら、この世に出なかったものだけれど、私は確かにそれを見たのだ。

いつか、亡くなった人の部屋を片づける日は来るだろう。それは、家族が、もういないんだからと諦めるからじゃない。その人は確かに居たと確信が持てるようになった日

だ。やりたくて、でもできなかったことは、例えば私の夢の中にあるように、世界のどこかの引き出しの奥にしまわれているんじゃないだろうか。私はそう信じている。

（「小説推理」双葉社　２０１６・８）

最後の場所

ダンナは車椅子なので、リハビリもしてくれるデイケアに通っていた。そこは、老人のための介護施設で、まず着くとみんなで替え歌をうたう。「ゴンベさんの赤ちゃんが風邪ひいた〜」の節で、「オハギがお嫁にゆくときは、あんことき な粉で化粧して、バスにゆられてはるばると、ついたところが○○園」と合唱する。そして、歌が終わるや、大声で「おはよーございますッ！」と職員さんが叫ぶ。テレビのバラエティーなどで、タレントさんがコーナーのタイトルを大声で叫ぶが、そんな感じである。その後、折り紙やら塗り絵やらが配られ、みんな、昼の長い時間をつぶし始める。

一流大学を出て、一流企業の重役だったおじいさんは、塗り絵に加わらず、ひとり、カーテンに向かって「宿命かぁ」とつぶやく。その人は、自分の持ち物が盗まれたといつも騒ぐので、まわりにいる人たちは、それが病気のせいだとわかっているのだが、気

持ちよく思っていない。「あの人、大学出た言うの、ウソちゃうか」と陰口をたたかれる始末である。

それでも職員たちは、工夫を凝らし、利用者が飽きないように、少ない経費でいろいろ楽しめることを考えてくれる。サイコロを投げて、そこに書かれたことを話すというゲームで盛り上げようとする。おばあさんの振ったサイコロが、「一番びっくりしたこと」というところで止まった。おばあさんは、淡々と「長男が二十九歳で山で死んだことです」と言い、その場は凍りついたそうである。

知らない者同士が、狭い部屋に集められ、興味のないことをしろと強いられる。人生の始めに学校、終わりに介護施設に入れられるわけだが、考えてみれば、どちらも不条理に満ちた場所である。ダンナは、デイケアから帰ってくるたび、老人たちの話を聞かせてくれる。人生の終わりが近づいている人たちは、あからさまで飾り気がなく、もうウソをつく必要がないので、どこか憎めず、クールでドライだ。私には、そういう人たちが、人間らしい人間に思えてならない。年をとるというのは、私が思っているのと、全然違うものかもしれない。

（「小説推理」双葉社　２０１６・９）

お前が決めるな

介護の仕事をしていた青年が大量殺人をし、その理由を安楽死させてやりたかったからと言った。本当にそうなのだろうか。その前に、もう障がい者なんか見たくない、という気持ちがあったはずである。それなら介護の仕事に向いてなかったということだから、さっさと辞めればよかったのである。世間には、障がい者がいる、ということを忘れて生きてゆける職場はいくらでもある。そのことを逃げだと非難する人がいるかもしれない。青年もそれを恐れたのだろう。が、そんな一般論などほうっておけばいいのである。

彼が辞めることができなかったのは、介護の仕事を取ると、自分が何もできない、意味のない人生を送る人間になってしまうと思い込んでいたからだろう。「でもやりがいのある仕事だよね」と言われれば、黙ってしまうしかなかったのではないか。安楽死させてやりたいというのは、自分は負け犬ではないという言い訳だろう。オレは介護のことを真剣に考えているんだと思われたいだけである。なぜ本当のことを言わないのか。障がい者なんて、見るのも触るのもイヤだ、と大声で言ってしまえば、殺すところまでゆかなかったのに。

私はダンナの介護をする前、人の体を触る仕事なんてイヤだなぁと思い込んでいた。

だから、ダンナの入院中、そんな仕事をする看護師や医師を本当に偉いなぁと思っていた。でも、自分でやってみるとよくわかる。人の体を触る仕事は、めちゃくちゃおもしろい。育児だってそうだろう。手をかけると、そのぶんちゃんと人の体は応えてくれる。そんなことを身を以て知っていて、この仕事が好きだというプロは、いっぱいいるはずだ。

殺人犯は被害者の数にこだわっている。できるだけたくさん。歴史に残るぐらい。よいことで無理なら、悪いことでもいいからオレの名前を残したい。バカである。お茶を飲むことが、一日の幸せだという人もいる。たとえ、それがストローで飲むしかなくても。そんな人の前で、数字はなんの意味もない。そういう世界もあるのである。さらに言うなら、幸せは、そういう世界にしかないのである。

（「小説推理」双葉社　２０１６・10）

怖くて怖くて

怖いものは何かとダンナと話していると、昔、小児科の待合室にあった、大便の模型がとても怖かったと言う。赤ちゃんがこういう便をしたら、こういう病気かもしれませ

んということをお母さん方に知らせるためのものだ。今なら写真なのだろうが、その頃は立体でつくったものを壁にかけていたようで、けっこうリアルなものだったらしく、見たこともない色の便もあって、怖くて怖くて直視できなかったそうである。そういえば、昔は道端に白い大便が落ちていたよね、という話になる。長い間放置され、色が抜けてしまったのを、ダンナたちは「ウンコのミイラ」と呼んで恐怖していたそうである。

私が怖かったのは、小学校のときの理科室だった。薄暗い戸棚の中に猫の皮が何枚も無造作に突っ込まれている木の箱があって、そこの鍵を開けることさえ怖かった。エボナイト棒で毛皮を擦《こす》り、電気を発生させる実験に使ったのだろう。さすがに頭はついていなかったが、小さな虎の敷物のように手足がついていて、その模様はどう考えても猫だった。車にはねられた猫もまた、道端に長く放置されていた。昭和の通学路には、汚くて残酷なもの、でも生きている限り絶対に避けられないものが、そのままの形で落ちていたのである。

私の好きな小説に、二階に住んでいる主人公が、可愛がっていた猫が車にひかれ、それがそのまま放っておかれて変わり果てた姿になる様を、泣きながら観察する話がある。ぺっちゃんこの死体が、さらに車にひかれてぼろぼろになり、やがて猫は最後、塵《ちり》のようになって、トラックやタクシーの車輪にひっついて、東京中に散らばってゆくという話だった。残酷な話なのに、なぜか温かい気持ちにもなる、ヘンな小説だった。

汚くて怖かったものが、いつのまにかきれいに片づけられてしまう今の生活に文句をつけるつもりはない。残酷で、粗暴な昭和に戻れと言われたら、もう後戻りできないと思う。でも、あの汚かった景色と一緒に、生きている実感もまたどこか知らない場所へ、片づけられてしまったのではないだろうか。

子供の頃あんなに怖かったものは、今はもうどこにもない。

（「小説推理」双葉社　2016・11）

続けていいよ

なんでこんな仕事を選んでしまったのか。こんなとは、モノを書く仕事のことである。私は教養もないし、コツコツした努力など大嫌いなのだ。しかし、ダンナが脳内出血になり、自宅介護することになると、好きな時間に仕事ができるというのは都合がよかった。テレビの脚本はいい報酬だったので、毎月五万円ほどかかる医療費や介護費がまかなえた。

私にとって、書くというのはそれくらいのことだったので、「こうあらねば」というものは一切なく、その時その時の気持ちを吐き出すように書き続けてきた。しかし、作

家というのは、出来たモノだけで勝負せねばならず、時々、なんでこんなヘンな仕事をしているのかと、ただひたすら泣き続ける日があったりする。そんな日は台風が近づく気圧の不安定な日で、先日もわけもなく泣きながら、「こんな仕事辞めてやるッ！」とダンナに恨みをぶつけた。そして、嵐のような気持ちは、どういうわけか決まったように、一日半でピタッとおさまるのである。

私の、そんな嵐のような日に、啓文社という書店の児玉憲宗《けんそう》氏がお亡くなりになった。私たちのエッセイ本『木皿食堂2 6粒と半分のお米』の帯に推薦文を書いていただいた方だ。その本の中にも児玉さんは出てくる。本屋大賞の授賞式で大賞をとれなかった私に、会場の片隅で手書きの表彰状をくれたのは児玉さんである。それは小さいが、よくある表彰状の形をしていた。なのに、よくある表彰状にあるような、通り一遍のコトバではなかった。会ったこともないのに、私のことを信じてくれている人のコトバだった。私は、なんだこれは、と泣いた。

訃報を聞いたのは、嵐のあとで涙が出尽くした次の日だった。児玉さんが帯に書いて下さったのは、「木皿泉さんの言葉はまるで魔法。ありふれた日常さえ刺激的な発見に変えてしまう」だった。このコトバをもらったとき、こんな私でも、この仕事を続けてもいい、と言われたような気持ちになった。もうダメだと思う日もあれば、児玉さんみたいな人に会う日もある。まず、自分を信じよう。そうじゃないと、私のコトバは届か

（「小説推理」双葉社　２０１６・12）

ない。

悲しみは、降り積もる

京都の三十三間堂にお婆さんの像があって、不思議なことに見るたびに表情が違うのである。十代の頃、とても厳しい顔で見返され、ちょっと背筋が伸びたのを覚えている。私は迷っていたのだ。自分の心が映し出されるとは、なぜか微笑んでおられた。ちょうどダンナと出会った頃だった。自分の心が映し出されるとは、こういうことを言うのだろう。六十歳を前に、先日、三十三間堂に行ってみた。お婆さんは、今にも泣きそうな顔だった。自分では悲しいとは思っていなかったので驚いた。

先日、若い俳優さんと対談した。彼はお父さんになったばかりである。子供ができて何か変わったことがありましたかと聞くと、彼は眉をひそめて、幼児が被害に遭うニュースを見ると、今までとは違った痛みを感じると言った。そーですよね、と私は相槌を打ったが、今までとは違った痛みって何だろうと思った。まだ人生が始まったばかりの者を殺したり傷つけたりする事件は、腹立たしく、許せないのは、子供があろうがなか

ろうが同じではないか。親になったとたん、今まで感じていた以上の怒りや悲しみを感じるとするなら、それは何なんだろう。

ひどい事件が報道されるが、それらはどんどん忘れ去られてゆく。私自身、日々やらねばならぬことで精一杯で、子供が虐待死しようが、高齢者が事故に遭おうが、若い女性が刺されようが、聞いた時だけ感情が揺さぶられ、少し時間が経つと家事や仕事の方へ注意が向いてゆく。自分勝手だなぁと思う。

三十三間堂の整然と並んでいる金色の千体千手観音立像を見ていると、脈絡なく次から次へと流れ続けている頭の中が、いったんせき止められたようになる。お婆さんの像を見ていた私は、自分が悲しくてしょうがないのだと、初めて気がついた。ひどい世の中に生きてるよなぁと、悲しくてしょうがなかった。そうか、あの俳優さんは、子供が生まれて立ち止まる時間ができたのかもしれない。仕事より優先されるものがあることを知ったのだろう。日々に流され、悲しみは忘れたつもりでも、案外自分の中に降り積もっているものなのかもしれない。


（「小説推理」双葉社　２０１７・１）

生まれる瞬間

爆発的に流行したPPAPの動画を見ていて、星新一のショートショートを思い出した。

男が窓もなにもない地下室のような場所に行くと、そこに机があって、二種類のプレートが箱に入っている。それらを一枚ずつ取って、ホチキスでとめてゆくのが仕事なのである。二枚のプレートをホチキスでとめるとき、男にちょっとした快感が走る。しかし、そのうち飽きてきて、ときどき同じプレートをとめたりする。すぐにはがれそうなほど雑にとめたり、一度に何枚もとめてみたり。実は彼がやっているのはキューピッドの仕事で、プレートをとめるごとに地上では誰かが恋に落ちているのだった。彼のきまぐれで、同性愛や三角関係が生まれているというわけだ。男女間の恋愛のみが当たり前、と思われていた時代につくられた話なので、今の人は違和感を覚えるかもしれない。

PPAPを歌うピコ太郎は、私には現代のキューピッドのように見える。たまたまリンゴであり、たまたまペンであり、たまたまパイナップルなのだろう。それをドッキングさせるとき、キューピッドは「うッ」と唸る。そして、無事にことをなし遂げた後、「アッポ〜ペ〜ン」と吐き出すように言うのだが、その顔や声は、カタルシスの表情である。セックスを連想させる。ドッキングする前のウキウキした踊りや、非日常の衣装、

どこだかわからない空間はまさに秘め事である。キューピッドは、つくった「アッポーペン」（AP）と、「パイナッポーペン」（PP）をさらにドッキングさせて、PPAPをつくる。これをさらに続けてゆくと、PPAPPPAPとなってゆくわけで、なんだか、この無意味なアルファベットの連なりが遺伝子のように思えてくる。

私たちが、どこから来たのか誰も知らない。でもピコ太郎を見ていると、こんな無責任な感じで生まれてきたんじゃないかと、心が軽くなる。ちなみに、うちのダンナは、ピコ太郎がキューピッドではなく、大黒様に見えるそうである。打出の小槌で、どんどん生み出してくれるイメージだそうだ。いずれにせよ、ピコ太郎を見ていると、愛《め》でたいという気持ちになるのである。

（「小説推理」双葉社　２０１７・２）

私だけの物語

テレビの脚本を書く仕事をしていると、ドラマや映画を純粋に楽しめない。時計とにらめっこしながら、「そうか、十五分でこの展開か、なるほど」などと思いながら観ていたりする。若い頃は、いちいちメモを取ったりしていた。シナリオライターを目指そ

う と思った二十代の初めから、物語を勉強の対象としか見てこなかったわけである。なので、ファンの人から、木皿さんのドラマで救われましたと言っていただいても、社交辞令だろうぐらいにしか思っていなかった。つまり、物書きでありながら、私は物語の力を信じていなかったわけである。

ところが映画、スター・ウォーズ・シリーズの『ローグ・ワン』を観て、私の考えはひっくり返ってしまった。いつも通り、時計を見つつ展開を追っていたのだが、気がつくと話にのめり込んでいた。圧倒的な力を持つダース・ベイダーに、信じるということだけを武器にたった六人で立ち向かってゆく話である。

つい先日、私は一緒に仕事をしている人を信じることができなくなって、もう降りると大騒ぎをしたばかりである。それは相手の問題ではなく、自分自身の不安に負けてしまっただけだということが、物語を観ていてよくわかった。私にめがけて直球で投げつけられたような物語だった。私のためだけに投げられたものだと思った。その気持ちを抱えたまま家に戻ってゆく幸福感。これって何なんだろうと考えていて、そうか、私は物語をもらったんだと気づいた。小学校の図書館から何冊も本を借りて、下校するときのはやる気持ちを思い出す。私は、たくさんの作家から、なんとたくさんのものをもらってきたことか。ファンの人が言っているのは、こういうことだったのかと納得した。

そういえば、いつも財布につけていたダース・ベイダーのキーホルダーが、いつの間

にかなくなっていた。私が自分の弱さを知ったとたんに、悪は去っていったということか。こんなささいなことが、私だけの物語としてプラスされてゆく。リアルだけで生きてゆくのはしんどい。私たちの仕事が、それを楽にしてあげることだとするなら、物語の力を自分自身が信じなければならない。私の言いたいことがわかる人に言いたい。フォースと共にあらんことを。

（「小説推理」双葉社　２０１７・３）

会いたかった

私が知ってる九谷焼はジジ臭いものだった。煎茶が趣味の祖父が集めていた茶器を子供のときに見ていたせいだと思う。ジイさんが背を丸め、うす暗い部屋でちまちま飲んでる茶器は、さえないものに見えたのだ。
ところが、最近の九谷焼はとっても可愛いのである。若い人がつくっているのだろうか、色も模様もポップである。竹と虎の模様のお茶碗と湯飲みを見て、ダンナ用に欲しくなる。ダンナの祖父の名は竹尾で祖母は寅だった。見ているうちに自分のも欲しくなる。私のは藤に蝶。幼稚園のとき藤組だったから。春も近いし、思い切って新調する。

デパートの特設催物売り場のお姉さんは三人もいるのに、驚くほど手際が悪かった。一度に注文を伝えなかった私も悪いが、気の毒なほど右往左往している。聞けば、普段は工房でお茶碗をつくっている人たちらしい。伝票を取り消しては再発行し、ようやく精算を終え、「ありがとうございました」という声で私は解放される。昼食を食べているとき、ふと、あの茶碗なら母親も欲しがるだろうなぁと思った。八十四歳になるので、松に鶴の模様がいいだろう。店に戻ると、売り場にいた三人が私の顔を見るなり、一斉に「うわぁッ！」と声を上げた。「会いたかったんですぅ」と若いお姉さんに腕にすがりつかれる。その表情にウソはない。何だか、ドギマギしてしまう。よく聞くと、お金を払い過ぎていたらしく、そのことを伝えたいのに、どうやって私と連絡を取ればよいかわからなかったらしい。

心の底から「会いたかった」と言われるのは嬉しいものである。子供から「お母さ〜ん」と抱きつかれるような心持ちだった。単純に嬉しく、そんなことで喜ぶ自分に驚いた。

ケータイとメールをやめてしまってからは、人と気軽に約束して会う、ということも少なくなった。街角なんかでやわらかい顔をして、ケータイで話している人を見ると羨ましく思うのは、春のせいだろうか。

（「小説推理」双葉社　２０１７・４）

タイムトラベル

一番よく歩いたのはＯＬをしていた頃で、大阪北浜の街あたりだろうか。当時はメールなどなかったので、ＯＬが書類を届けたりしていた。その頃の北浜は、まだ古い店が残っていて、働く人はビジネスマンというより、商人といった感じだった。「どんならんなぁ」とか、「あんじょうたのみまっさ」みたいなコトバが飛び交っていて、ダサくてイヤだなぁと思っていた。私は、古いビルの間をぬってよく歩いた。銀行とか取引先とか。ときどき制服を着たまま、ぼんやり旅先でも歩くように、あてどなく歩いたりした。その頃の私は、結婚もイヤだし、このまま働いて年をとってゆくのもイヤだった。

楽しみは、会社の近所のうどん屋さんで、「けいらん」というあんかけの玉子とじうどんを食べることぐらいだった。その店の間口は広く、いつも開け放していて、往来から食べている人の姿が見えるような店だった。大きなエアコンがあるのに、作動している気配はなく、みんな汗をかきながら、はふはふ食べていた。

ふと、働いていたその街へ行ってみようと思い立った。街は新しいビルに変わっていて、量販店の派手な看板ばかりが目について、ちょっと残念に思う。うどん屋は、間口が小料理屋のような洒落《しゃれ》た店に変わっていた。いつも客席の端で勉強をしていたうどん屋の息子と娘は、もう四十歳を越えているはずで、変わるのは当たり前だった。私は、

「けいらん」を注文する。相席が当然なのは昔のままだ。同じテーブルに、若いOLとちょっと年配のOL。一瞬、もし、会社を辞めなかったら、というパラレルワールドの中に入り込んだ気持ちになる。働く人特有の、テキパキとした彼女たちのしぐさを見て、私もかつて、こんなふうに動いていたのかなと懐しく思う反面、私にはもうこんなしぐさや目配りはできないなとさびしくなる。街もここで働く人も、とどまることなく更新し続けていることを痛いほど知る。彼女たちは、今という時間を生きていた。そして私もまた、場所を変えて今を生きているのだなと、うどんの出汁《だし》を飲み干しながら思った。

（「小説推理」双葉社　2017・5）

桜と年をとる

毎年お花見をしている。今年の桜は少しヘンだった。いっせいに咲いてくれないのである。満開の木の横に、かたくなに一輪も咲かせていない木があったりする。遠方に住む人に話すと、そこも同じらしく、不思議ですよねぇと首をかしげている。しかたがないので、一本の満開の桜の木の下に、虫のように人がたかってお花見をしていましたよ、と言っていた。

年に一回というのが心を駆り立てる。何がなんでも桜を楽しまなければと思ってしまう。桜を見上げながら歩いていると、川にせり出した桜の枝の上に大きなピンクのかたまりがのっかっていてギョッとなった。よく見ると、お揃いのピンク色のフードをかぶった女性が二人、妖精のような様子をして座っている。どうやら写真を撮っていたらしい。川といってもほとんど水は流れておらず、落ちたら終わりである。寿命が終わりに近づいている桜だったので、危険この上ない。桜の木に与えるストレスもあるだろう。迷惑な行為である。

そこまでして写真を撮ることが必要なのだろうか。写真は未来のためのものだろう。何年か先、見返す楽しさはよくわかる。ネットに上げて人に注目してもらいたい気持ちもわかる。でも、私には何かがひっかかる。写真で撮って保存することだけに熱中しすぎてはいないか。それは桜を見たというより、見たという証拠を残しただけなのではないか。

私たちは、桜と同じように、今という時間を生きている。桜もはかないが、私たちもまたはかないものなのである。どちらも永遠に保存なんかできないものだ。そのことを教えてくれるから、桜はいつ見ても美しいのだと思う。

いつも、高校の同級生たちとお花見をしている。同じ場所で同じメンバーだから、写真も毎年同じである。私など整理が下手なので、引き出しの中で七年前のやら去年のや

らがごちゃ交ぜになっている。でも、死ぬときは、その一枚一枚が、散ってゆく桜の花びらのように感じるのではないかと思っている。残るのは、花の下では、いつも笑っていたなぁという記憶だけなんだろう。

（「小説推理」双葉社　２０１７・６）

法事の日

父の十七回忌の法事があるというのに、直前まで仕事に追われ、ぎりぎりの時間で用意を始める。タンスの扉の前に物を積み上げているものだから開けることができず、着てゆくものが出てこない。扉をなんとか五センチほど開けて、手さぐりでようやく白いシャツを引き抜く。ドクロの形のボタンがついているのが出てくるが、もう時間がない。しかたがないので、それにジーンズをはいて、ユザワヤで三百円で買った黒いリボンを胸元に結び、家を出た。

小さな家は、兄と妹の家族で文字通り足の踏み場もなかった。回ってきた焼香の盆に虫がはっていて、お坊さんがお経を読んでいるときなので、もしかしたらこれはお父ちゃんの生まれ変わりかもしれないと思っていたら、隣の義理の弟が指で虫をつぶしてし

まった。弟は、さすがにまずいと思ったのか、「殺生してしまった」と私の顔を見るので、こっちも思わず笑ってしまう。その息子は、お焼香のとき大量にお香を投入したらしく、部屋中が煙だらけになって、兄がその煙を消そうと躍起になる。親族の集まりは、どこかグダグダなところがあっておかしい。

今年八十四歳の母は、これが自分のできる最後の法事だ、と何度も繰り返す。墓を新しくして、父が残した借金を返済して、風呂と屋根の修理を終えた母にとって、法事は本当に最後に残された仕事だったのだろう。よほど気が張っていたのか、終わったとたんに寝込んでしまった。

考えたこともなかったが、私にも最後の仕事はあるのだろう。それが何なのか見当もつかないが、できれば次の人につながるようなものであればいいなぁと思う。

法事で日頃会わない兄妹や甥や姪、その子供たちと飲み食いするのは、故人をしのぶということもあるが、甥のお嫁さんと挨拶をしたり、その子供の相手になったり、次の世代の顔合わせのようなものである。母は、それが自分のできる最後の務めと思ったのだろう。働いたことなど一度もない人なのに、自分の役割をよく心得ている。さすが八十四歳である。

（「小説推理」双葉社　２０１７・７）

義父と暮らす

お義父さんが亡くなって、もう七年である。生前よく、「何も遺すものはないねん。家だけや。死んだら好きにしてや」と言っていた。

その家は人が住まないと、どんどん朽ちてゆき、庭も荒れ放題となり、結局壊してしまった。その時に家からいくつか遺品を持ち出した。お義父さんの部屋にあったのは、亡くなる寸前まで吸っていたらしい封を切ったセブンスターひと箱と、いつも愛用していたソフト帽、そして目覚まし時計。一応デジタル時計なのだが、液晶の表示ではなく、電車の案内板のようなしくみになっていて、ぱたっと黒い板が落ちると次の数字があらわれるタイプのものである。こういうの、最近売ってないなと思って持って帰ってきたのだが、具合がよくない。時間を合わせても、すぐに狂ってしまうのだ。見ていると、ぱたっと落ちるべき時に、どこかに引っ掛かってしまうらしい。とても使えるシロモノではない。でもなぜか捨てられないのである。

お義父さんは、ゆくゆくは寝たっきりになり、嫁の私に世話にならねばならない、というのがイヤだったらしい。そんな日が来ることを考えては、くよくよしていた。しかし、実際は病院に入ることなく、自分の家で一人暮らしを続けながら、ある日、ぽっくり死んでしまったので、お義父さんはホッとしていると思う。亡くなった時は、ちょう

ど連ドラ執筆の真っ最中で、あわただしく見送るしかなかった。そんなこともあって、私としては、もう少しだけでもいいから、嫁らしいことをしたかったという気持ちが残っている。

時間の合わないお義父さんの時計は捨てられず、今もリビングに置いてある。電源は入れっぱなしなので動いてはいるのだが、あいかわらず、とんちんかんな時刻をさしている時計を見ていると、少しばかりぼけたお義父さんと暮らしているような気持ちになる。そのうち、ぱたっと動くことさえできなくなり、完全に止まってしまう日がくるのだろう。

「もう気持ちだけでええから」という恐縮したお義父さんの声が聞こえるような気がする。

（「小説推理」双葉社　２０１７・８）

仁義なき戦い

中学二年のとき、Ｙさんという、とても勉強のできる女の子がいて、私と同じ美術部だった。私はというと勉強もできず、いつもぼんやりしていた。なのに、なぜかＹさん

は私に嫉妬しているようで、何かあると引きずり下ろそうとした。

美術部の先輩が、私を次の部長に指名した。私には無理ですと断ったが、あなたのそういうところがいけない、絶対やった方がいいと説得されてしまった。当然、Yさんが黙っているわけがなく、仲間をつくって、三年生が勝手に部長を決めるのはおかしいと先輩にねじ込み、私を裏庭に呼び出して部長を降りるように迫った。そういう時、Yさんはほとんどしゃべらない。自分は表立ってやらないのが彼女のやり方だった。結局、先輩を外した二年生だけの投票で部長を決めることになった。

私は部長など、やりたくもなかったが、Yさんのやり方に理不尽なものを感じて、体の中から何かわけのわからないエネルギーが噴出した。そこからは、自分でもわからないうちに体が動いていた。私のやり方はとても簡単だった。部長の話を持ち出すことなく、ただひたすら部員に親切にするというものだった。私の親切に感激したYさんの友人たちは、あっという間に私の側につき、二年生だけの投票で私は部長となった。

あれは何だったんだろうと今になって思う。私が部長になったのは、私の力ではないような気がする。みんなは、Yさんの思い通りにさせたくないと、どこかで思っていたのではないか。Yさんの友人ですら、そう思って、私に加担してくれたような気がする。人は、強い力に屈しやすいが、同時にそうなってしまった自分やそうさせた相手に嫌悪感を持つ。私がしたのは、そんな人たちの心をニュートラルに戻しただけなのかもしれ

ない。Yさんが嫉妬したのは、私のそういう青臭いところだろう。でも、私にできるのは、せいぜい人の心を元に戻すだけで、自分のものにすることなどできない。そもそも、人の心を支配することなど無理なのである。だから、嫉妬する必要などなかったのだ。六十歳になったYさんは、もう、そのことを知っただろうか。

（「小説推理」双葉社　２０１７・９）

プロの仕事

旅行からの帰り、お土産でいっぱいになった荷物を自宅へ宅配便で送ろうと、駅にあるサービスカウンターに立ち寄った。自分で詰めなければならないと思っていたら、カウンターのおねえさんが、こちらでやりましょうかと声をかけてくれる。私が「お願いします」と言い終わらないうちに、ものすごいスピードでどんどん詰め始める。しかも、私にいちいち中身を確認しながら、必要に応じて、要領よくクッション材を巻いてゆく。私が「そのビン詰めは、お店の人が梱包してくれたので大丈夫だと思います」と言うと、薄いプチプチが一枚、ビンの腰のあたりに巻いてあったのを一瞥して、「これは、裸も同然です」と言い放った。そう言われた私は、まるで自分が裸であることを見透かされ

たかのような気持ちになり、恥じ入った。家に届いた荷物を開けると、あれほどのスピードで詰めたとは思えない丁寧さで、これがプロの仕事かと得心した。

ダンナが学生の頃、まだ野良犬がいて、すれ違うとき、けっこう緊張したという。野良犬と遭遇したダンナの友人は、怖い気持ちをおさえ、何事もないふうをよそおっていると、犬の方も同じように、こちらに一切興味がないという顔をしていたくせに、通り過ぎざまに静かに友人の手を噛んだそうである。その友人は「プロの仕事ですわぁ」といたく感心したそうである。

プロを続けるのは難しい。「はん」と看板を掲げているのに、中は安物のゲームセンターみたいになっている店がある。きっと本業だけでは立ち行かなくなってしまったのだろう。それでも、店主の意地のようなものがまだあるのか、店頭にぐるぐる回るハンコの陳列ケースを置いてある。しかし、先日、それもなくなっていた。やがて、「はん」という看板も下ろしてしまうのだろう。もともとは自分の本業を守るために、他のことを始めたのかもしれない。でも、仕事はそんなに甘いものではない。少し気をゆるめただけで戻れなくなってしまう。人に褒められなくとも、踏みとどまって黙って仕事を続けるのがプロである。たとえやせ我慢でも、そのゆるがない自信が、かっこいいのだと思う。

（「小説推理」双葉社　２０１７・10）

バカな買い物

八十四歳の母が「あぁ、あんなバカな買い物をするんじゃなかった」とため息をつく。そのバカな買い物とは、あるとき毎週のように買っていたブランドの洋服のことだろう。そのころ母は太っていたので、すべてが特大サイズで今は着ることができず、高いお金を払った記憶があるので捨てることもできず、かつて私の部屋だった場所に、ひっそりとつり下げられている。母はその後、着物に凝った。普通の主婦に着てゆく場所などなく、誰も着た姿を見たことがない。一時期、宝石の類いにも少し手を出したりしていた。普段、母はそういうものをつけないので、これもどこかにひっそりとしまわれているのだろう。

たとえば、有名ブランドの化粧品店で口紅一本買うと、後日、ずっしりと重い印刷物が届く。開けると、みるからにお金のかかった装丁のカタログだ。つやつやした表紙は、たいてい黒か白で、真ん中に誰でも知っているそのブランドのロゴが、水戸黄門の印籠の紋のように金色で入っていたりする。内容は、数種類の新商品の紹介をしているだけで、あとは贅沢な気持ちにさせる写真ばかり載っていて、なのに一センチぐらいの厚さの立派な冊子である。しかも、ご丁寧に函《はこ》に入っていたりする。はっきり言って、無駄である。受け取った私は、内容の薄さと豪華な装丁のアンバランスさに、何なんだこれ

は、と怒りさえ覚える。しかし、よくよく考えてみると、送り手が一番伝えたいのは、新商品の情報ではないのかもしれない。我々は、お客さまを何より大事にいたしております、というメッセージなのだろう。

商品が高ければ高いほど、店の人が甘やかしてくれる。ふだん、誰からも大事にされてない人は、一発で骨抜きにされてしまうだろうなと思う。母は、十代で結婚して、その後ずっと専業主婦だけをして生きてきた。家の仕事をうまくやったからといって褒めてもらえるわけでもなく、やって当たり前で、やらなければ女ではないと言われてしまう。主婦業とはそんな仕事だ。母は誰かに大事に扱ってもらったことなど、なかったのかもしれない。その証拠が、今も家の中にひっそりと詰まっているのだ、と思う。

（「小説推理」双葉社　２０１７．12）

生かされている

私は挫折をしたことがない。というか、そこまで頑張って何かをしたことがなかった。思えば、学校も就職も、先生や親が決めてくれた。三十歳までの私は、生きているというより、生かされているという感じだったと思う。

勉強も仕事も、誰にも期待されていなかったので、重圧というものを知らない。そういえば、叱られたこともなかった。私のことは、放っておいても大丈夫だと、なぜか親も先生も上司も思っていたようだ。私の方も、やるべきことをやっていれば誰も文句を言わないということを、子供の頃から知っていた。やりたいことは、友人にも言わず、ひっそり一人でやりつくした。それはつまり、映画を観たり、本を読んだり、美術館に行ったり、演劇を観たり、チョコレートパフェを食べたりするという、一人でやれることに限られていたわけだが、私はそれで大満足だった。

しかし、何年かするとそれにも飽きてしまった。私は、挫折というものをしてみたい、と思うようになった。ならば、なれそうもないものを目指そうと思い、脚本家になることにした。まわりの人たちは、私がそう言うと鼻で笑っていた。

私は、ただ、自分がどこで挫折するのか、見届けたかっただけなのだが、どういうわけか脚本家になってしまった。なってしまうと、負けるわけにゆかなくなってしまった。他人からは負けに見えても、私の中では、「まだまだ」としぶとく思っている。たとえ一人でも、私の作品を待っていてくれる人がいるかぎり、負けとは意地でも言いたくないのである。

それはつまり、私はいつの間にか、期待されたり、文句を言われたりする人間になってしまった、ということだろう。今ならよくわかる。人が挫折をするのは、そんなこと

を誰にも何も言われなくなったときである。
なんだ、それって昔の私じゃないかと思う。私は誰かに思いっきり怒られたり、褒められたり、期待されたり、そんなことをしてもらいたかったのだ。今、私は生かされているなぁと思う。昔とは、全然違う意味でそう思う。

（「小説推理」双葉社　２０１８・１）

夜中に話す

私たちが住んでいるのはペット飼育禁止のマンションである。しかし、車椅子で生活しているダンナはトイレが使えないので、洗い流すときにペット用のシートを使っている。なので、いかにも犬用ですという写真がついた大きな袋を持って、管理人室の前を通るのは、とても気まずい。「違うんです。違うんです。ダンナ用のやつなんです」と心で叫びながら小走りで通り過ぎる。ダンナには、ペット用を使っているのが知れると気を悪くするのではないかと思い（このエッセイでばれてしまったわけだが）、「ごめんね。ごめんね。ペット用やねん。でも、これが一番安いねん」と心の中で謝りながら使っている。

口に出したいのに出せないことは、生きていると多々あるものである。椎茸が嫌いだと、ずっと言い続けてきたが、最近は料理によっては外では食べたりしている。でも、六十年も嫌いだと言い続けてきたので、今さら人に言えない。実は、椎茸を家で栽培したりもしている。栽培といっても、スーパーで九百八十円で売っていたキットを使うので、とても簡単である。菌をすでに打ち込んである木屑を固めたようなものに、水をかけて、後は椎茸が出てくるのを待つだけなのだが、最初は何の変化もない。時間がかかるものなのだと油断していたら、突然、にょきっと小さいのが生えてきて、そろそろ収穫しようと呑気にかまえていたら、信じられないぐらい大きなのが大量に発生して、傘がひっくり返り、異様な景色になる。まるで手品のようである。

ダンナがある日、しみじみ言ったことがある。「おれ、今まで正直に言い過ぎたわ。言わへんかったら得したこと、ようさんあったのに、アホや」。そうなのである。黙って得をしている人は山のようにいるのである。誰がどんなふうに得をしているのか、みんな知っているが、大人なので黙っているのである。言ってしまうと、椎茸のようにあっという間に方々に広がって収拾がつかなくなってしまうからだ。

というわけで、我々おしゃべり夫婦は、その手の話はひそひそと夜中に話すだけで辛抱している。

（「小説推理」双葉社　２０１８・２）

彼から受け取った痛み

ミュージカルが嫌いだという友人がいる。日常生活をしている登場人物が、突然歌い踊りだすのが見ていて恥ずかしいのだと言う。

その気持ちは少しわかる。私の場合は、恋愛というものが、とても恥ずかしい。たとえば、知りあったばかりの男性と二人きりで、ドライブなんて絶対にしたくない。その男性の家のリビングの延長みたいな空間に押し込められると、たとえその人に好意を持っていたとしても息が苦しくなる。

会社の同僚たちは、恋愛が大好きだった。デートそのものより、そのときに着ていく服を、お店で選んでいるのが一番楽しいのだと言っていた。私には理解できない話だった。花火の打ち上がる海岸でのプロポーズとか、ケーキの中から指輪が出てくるサプライズとか、私にはそれがどう恋愛というものに結びつくのか、見当もつかなかった。たぶん、みんなは、恋そのものより、それにまつわる派手な恋愛オプションが好きだったのだろう。私は、同僚たちが恋愛と呼ぶものに、まったく興味が持てなかった。

私が小学生のとき、修学旅行のためにいとこから旅行カバンを借りた。新品の小さなトランクは真っ白で、赤いラインで縁取られていた。まるで新婚旅行に持ってゆくようなカバンだった。たぶん思春期のいとこは、これを持って嫁ぐ自分を夢見ていたのだと思う。

私は、そんなのを持たされて、とても恥ずかしかった。そして、汚してしまってはいけないと、四六時中気を遣わねばならなかった。そんな様子がおかしかったのだろう、整列していると、誰かが後ろから、そのカバンめがけて蹴りを入れてきた。私が、条件反射的に「何すんのよッ！」と振り返ると、I君がいた。

I君は、体が大きく、彫りの深い顔だちで、お父さんがロシアの人だという噂だった。髪は薄い茶色でくるんッと少女マンガに出てくる人みたいにカールしていた。見るからに上等なシャツを着ていたが、いつも薄汚れていたのは、お母さんがいないせいだとみんな噂していた。学校から少し離れた場所にあるとても大きなお屋敷に住んでいるとみんなは言っていた。しかし、彼は乱暴者だった。彼に逆らう者は、クラスに一人もいなかった。

私に一喝されたI君は、ものすごいスピードで私にパンチをくらわせた。それは私の歯に命中して、血が噴き出した。歯は折れなかったが、その後もじんじんと痛くて、旅館で出された伊勢名物のサザエの壺焼きが嚙み切れなかった。カバンを蹴ったのは、別

の男の子たちだったということが後でわかった。

殴られたとき、私はI君のすべてを受け取ったような気がした。クラスで除け者《の》にされている悔しさや、それをうまくコトバにできないもどかしさ。殴った後のI君の灰色っぽい瞳の悲しみ。私は、旅行中ずっと痛かった。痛いのは歯だけではないということはわかっていたが、何がどう痛いのか、子供の私にはわからなかった。

I君はずいぶん経ってから、教室でぶっきらぼうに「あのときはゴメン」と私に言い、そのまま引っ越してしまった。

恋愛といわれると、なぜかこの話を思い出す。手をつないだわけではないけれど、その人の一番大事な部分に一瞬ふれてしまった感触。口に広がる鈍い血の味と、サザエの肝の苦みと、泣きはらした後の重く熱いまぶたが、忘れられない。彼から受け取った痛みを、私は今も持ちつづけている。初めて、直に人に触れた思い出である。

（産経新聞　2017・10・26）

この世に損も得もない

私は親から説教されたことがない。昔の大人は忙しかったので、いつも放っておかれたからである。しかし、妹とケンカしたり、おつかいに行くのをぐずったりすると、必ず言われるコトバはあった。それは、「損も得もない」である。

私は三人兄妹の真ん中だった。我慢するのは、いつも姉である私で、一番美味しい物は長男である兄の方へ持ってゆかれる。なにか納得できないと思っていたのだろう。私だけが損をしていると母に訴えると、「この世に損も得もない」と怒られた。

最初は理不尽なことを言うなぁと思っていたが、よくよく考えてみれば本当にそうかもしれないと思えてきた。兄は小さい時、チョコレートを欲しがるまま食べさせられて、気持ちが悪くなり、その後、チョコレートが食べられなくなってしまった。一見、得に見えることも長い目で見ると、それが損か得かなんてよくわからない。突きつめれば、たいていのことは、死に際になってみると、「まっ、どっちでもいいか」ということになるのではないだろうか。

街には商品があふれて、お金は万能になってゆく。お金だけが人間関係をつないでいたりすることもある。損か得かを瞬時に判断できる人は賢い人だと思われる。今だけ半額、と言われると、自分だけが損をするのではないかと体が前のめりになる。みんなが目の前の損得で一喜一憂している。子供の頃、読んだ本の中では、そういう人たちは、たいてい痛い目にあっていた。花咲かじいさんの隣に住むおじいさんのように。みんな、そんな話を忘れてしまったのだろうか。

一度、損を引き受けてみるというのは、どうだろう。人からはバカにされるかもしれないけれど、世間の物差しでははかれない価値観が見えてくるかもしれない。そういうものが、まだこの世にあると知るのは、人生にとっては、得なことである。

（「小学校 国語教育相談室」光村図書 2016・1）

右手に小さいつづら、左手に大きいつづら

「小さいつづら、大きいつづら」は、豆粒ほどの小さな銀細工です。『舌切り雀』に出てくるあれです。いいおじいさんは、お宝を得て、悪いおじいさんは欲を出して化け物が出てくるというおなじみのつづらです。

見たときから欲しくて、でもけっこう値の張るものだったので、どちらかひとつだけ買おうとダンナと話し合いました。私はおめでたい小さいほう、怪奇趣味のダンナは大きいのが好みでした。でも、店頭に立つと、どちらかひとつだけ持って帰るのは違うな、と思いました。いいものも、悪いものも、両方持たなければいけないんじゃないか。本当の力はそこからしか出てこないんじゃないか、と。

銀細工は細かい仕事で、これを見ると、自分たちはたか

が書くという作業しかしていないくせに、何をぐだぐだ不満ばかり言っているのだ、という気持ちになります。

右手にいいことばかり詰まった小さい箱、左手に悪いものばかり詰まった大きい箱を握りしめると、ピンとキリをこの手につかんだような心持ちになって、よし、この間にあるすべてのことを書くぞ、と思います。まだまだ、書いていないことは山のようにあると、勇気を与えてくれるものです。

（「クウネル」マガジンハウス　2015・7・1）

正しいやり方

うちの妹は、料理の手順を平気ですっとばしてしまう。いやいや、そこはちゃんとやらなきゃダメでしょう、と思うのだが、男の子を三人も育てているうちに、そうなってしまったのだろう。

そういう私も、プロの料理人が見たら、なんじゃこりゃと言われるかもしれない。たとえば、ゆで卵をつくる時、私は、卵を沸騰したお湯に、とんがった方を上にして鍋底に打ちつけるようにドンッと落とす。するとひびが入り、そこから空気が入って殻がむきやすくなるからだ。卵の底の方に針で小さな穴を開けるのが本当だと思うのだが、いちいち押しピンをさがしにゆくのがめんどうなので、割れない程度に、でもひびが入るよう手かげんして鍋に落とす。このやり方で、いつでもつるんと殻がむけるようになった。が、人に伝えられないやり方だなぁと思う。卵を鍋底に落とすかげんなど、コトバでうまく伝えられないからだ。強く打ちつけると中身が飛び出してしまうし、弱いと殻にひびが入らない。正解というものがあるなら、それは誰にでもわかる方法のことを言

うのだと思う。

作法を知らないので、家でお抹茶を飲んだことがなかったが、ホテルに備えつけてあったのをつくって飲んだらやたらうまくて、それ以来ときどき家でつくって飲んでいる。茶碗はないので、旧東ドイツの食堂車で使っていた小さなボウルに、少しの水で抹茶を練ってからお湯を入れ、茶筅《ちゃせん》で混ぜる。それをダンナと半分ずつにしていただく。そうやって飲んでも、お茶ってすごいなぁと思う。千利休は、そんなコトバにできない感動を、作法という誰にでもわかる形にした人なのだろう。

正解とは誰かが苦心してつくったものである。コトバになる前は、その人だけのものだったはずだ。それをコトバにしてくれる人がいて、私たちは、おすそわけしてもらっている。正解じゃないやり方でやってみると、そのありがたみがよくわかる。

（「クウネル」マガジンハウス　２０１６・７）

しあわせを書く

ルノワールという画家の絵を見ていると、しあわせな気持ちになる。彼が描く子供や女の人の、ぷっくりとした頰や腕を思わず指で押してみたくなる。まさしく、そこに「しあわせがある」という感じなのだ。どうしてしあわせな絵ばかりを描くのですかと問われた彼は、生きているとひどいことばかりだ、なぜ絵の中までそんなものを描かねばならないのか、と言ったそうである。

私たちがシナリオを書き始めた八〇年代、しあわせな話を書くと、みんなから甘いなぁとバカにされた。フィクションもノンフィクションも、苦い方が上等とされていた。そういう時代は、けっこう長く、それは多分、現実の世の中が、まだ呑気だったからだと思う。サラリーマンのリストラが始まった頃、ありとあらゆることが自己責任ということになってしまった。自由を選ぶということは、とても厳しい現実を生きねばならないということなのだと、後になって気づいた。

十年前、テレビドラマ『野ブタ。をプロデュース』の教室のシーンを書いていて、私

は突然泣けてきた。この教室にいる生徒たちは、全てひとりぼっちでとても頼りなく立っているのだと思えたからだ。それは教室の話だけではなかった。この日本に生きている全ての人、年寄りも働き盛りも子供も、みんな頼りなく自分の力で立っていなければならないということである。私は、泣きながら、そうだ、これからは、その人たちのために仕事をしようと思った。

しあわせを書くということは、軟弱なことではない、と今なら胸を張って言える。しあわせとは何かを真剣に考えるのは、この先、私たちが生き残ってゆくための唯一の方法だからだ。『昨夜《ゆうべ》のカレー、明日《あした》のパン』はそんなことを考えてできた作品である。

このドラマを観た友人が、ジャン・ルノワールという監督の『ピクニック』という映画の幸福感ととても似ていると言ってくれた。ジャン・ルノワールは画家ルノワールの息子である。あの絵のように、まさしく、ここにしあわせがある、とみんなに思ってもらえたであろうか。

この世はひどいことばかりだけれど、時々生まれてきてよかったと心から思う日があったりする。たとえば、『昨夜のカレー、明日のパン』を書き上げた朝。ファンレターが入っていた郵便受けを開けたとき。出演者が、スタッフが、いい台本だと喜んでいるというプロデューサーの弾んだ声。こんな奇跡みたいなしあわせな時間を、またドラマで表現してゆこう。

誰が何と言おうと、私たちは、この先もしあわせなドラマを書いてゆくつもりです。

（『昨夜のカレー、明日のパン』DVD－BOXブックレット　2015・3）

NHKDVD
『昨夜のカレー、明日のパン』
DVD-BOX:15,200円（税別）
発行：NHKエンタープライズ
販売元：ポニーキャニオン
©2015 NHK・FCC

転がるように書く

正月ドラマをと言われてもアイデアなどなく、口からでまかせに「じゃあ、富士山の麓《ふもと》にあるスーパーを営む一家の話を」などと言っていたら、企画が通ってしまった。プロデューサーが提案する出演者は、豪華な人たちばかりで、とても出てくれるとは思えなかったが、どういうわけかみんな受けてくれた。力士みたいな大きい人を出したいという私たちの要望は、さすがにハードルが高かったらしく難航していたが、「いました、いました、大きい人」と言って提案してきたのがマツコロイド。「人間じゃないじゃん」と思ったが、片桐はいりさんは特殊メイクでお婆さん役をやってくれるというし、何でもありの正月ドラマにふさわしいかもしれない。聞けばマツコロイドは、ちゃんと事務所に所属しているのだという。しかし、移動には運送費がかかるので、それは経費として計上せねばならず、経理の処理にプロデューサーは頭を悩ませていた。それは作家も同じで、マツコロイドをどう使うか相当悩んだ。マツコロイドをリアルに使うのは、バラエティで散々やっていることなので、ここは思いっきりウソの設定にしようと考え

た。できればマッコロイドしか言えないセリフがいい、などと欲が出てきて、結果、自分で考えている以上に重要なシーンになってしまった。

転がるように、その場その場をしのいでゆくと、途端に目の前がひらける時がある。そうやって、無理だと思っていたゴールにたどりつく。台本書きも人生も、そんな感じだ。そういうことを繰り返しているうちに、いつかひょっこり富士山の頂上に出たりするのかもしれない。思い通りに書けた時より、思いもよらないものが書けた時の方が、はるかに嬉しいし、おもしろい。

（『富士ファミリー』作者ノート　「月刊ドラマ」映人社　２０１６・２）

NHKDVD
『富士ファミリー』
DVD：3,800円（税別）
発行・販売元：
NHKエンタープライズ
©2016 NHK・FCC

おせち料理のようなドラマです

なんだかヘンな台本だと思います。自分でもわかっているのです。間違いなく詰め込み過ぎなのです。でも、これは仕方ないと言い訳させて下さい。だって、豪華なキャストは前回のままで、さらにゲストを入れようという話になり、それなのに九十分の枠なのですから、当然、あれもこれもということになってしまいます。

とにかく、贅沢でした。伊勢海老の胴の部分をほんのちょっと使いました、こちらはアワビの一部です、みたいな。本来なら全部使い切るべきところを、ほんの少しずつ豪華な食材を詰めた、おせち料理のお重のようなドラマになりました。

書いているときには、気がつかなかったのですが、出来上がりを見ていると、自分が人生の中で言えなかったことばかり書いていたのでびっくりしました。亡くなってもう会えない若い友人に言ってあげたかったこと。ケンカ別れした人に、今言いたいこと。全てが、言いたくても、もう言えないセリフばかりでした。最後に出てくるエピソードは、私が九歳のときに体験した話で、それ以来ずっと心にひっかかっていたことです。

妹と遊んでいると、自転車に乗った友人がやってきて「一緒に遊ぼう」と言われるのですが、母親に一緒に遊んではいけないと言われていた私は、うまく答えられず口の中でゴニョゴニョと言うしかありませんでした。それをじれったく思った妹が、「お母ちゃんが遊んだらアカン言うてる」と本当のことを言ってしまい、私はオロオロしてしまいました。友人は悔しいはずなのに平気な顔をして、「ふーん」と言って自転車に乗って帰っていった光景が忘れられません。彼女とは、もう会えることはないはずで、でも私はいつか登場人物のように声をかけたかったのです。

ドラマだと、こういうこともできるのかぁと、完パケを観ながら思いました。脚本家、いい仕事だと思います。

（『富士ファミリー２０１７』作者ノート　「月刊ドラマ」映人社　２０１７・２）

NHKDVD
『富士ファミリー 2017』
DVD：3,800円（税別）
発行・販売元：
NHKエンタープライズ

Ⅱ

脳のストッパーが外れるまで

藤野千夜（作家）×木皿 泉

対談

藤野千夜（ふじの ちや）

1962年福岡県生まれ。千葉大学教育学部卒。95年『午後の時間割』で第14回海燕新人文学賞、98年『おしゃべり怪談』で第20回野間文芸新人賞、2000年『夏の約束』で第122回芥川賞を受賞。おもな著書に『ルート225』『中等部超能力戦争』『時穴みみか』『D菩薩峠漫研夏合宿』『編集ども集まれ！』『じい散歩』などがある。

脳のストッパーが外れるまで

最初の出会い、そして薬師丸ひろ子さん

――お二人ともファン同士ということですが、きちんと会ってお話しされるのは初めてですよね。

藤　野　『ハルナガニ』【注1】の舞台初日を拝見したときに、ちょっとご挨拶したのが最初ですよね。公演何日目かのチケットは買ってあったんですけど、初日にふらっと劇場に行ってみたら立ち見券があったので。

木皿（妻）　あっ、藤野さんだ！　と私もわかったのですが、まだお互い紹介もされてなかったのでどうしようかと。

藤　野　木皿さんだし、私は声をおかけしないわけにはいかないと思って。

木皿（妻）　そのあと、今度は角川春樹社長と一緒に来てくださったんですが、こっちはもう、春樹社長もいるっていうだけで「うわーっ」てなっちゃって（笑）。私なんかが挨拶できるような人じゃないですし。私たちのなかで角川春樹は、あらゆる意味で本物

ですから。

木皿（夫）　薬師丸ひろ子を見出したっていうだけで、すごい人や。

藤　野　春樹社長はあれからインタビューで薬師丸ひろ子さんについて聞かれると、よく木皿さんのことを話されてますよ。木皿さんの舞台に出演している薬師丸さんを見て、「この子は頑張って立派な女優になった」と思われたそうで。インタビュアーは最近の薬師丸さんの他のお仕事、例えば『あまちゃん』での活躍なんかについても聞きたかったみたいなんですけど、どうしても木皿さんの舞台に出ていたときの話になっちゃうみたいで。よほど、そのときの薬師丸さんが嬉しかったんでしょうね。

木皿（妻）　そうなんですか、嬉しいです。

木皿（夫）　『ハルナガニ』では、観客の中で春樹社長がいちばん反応がよくて笑ってくれたらしい。

木皿（妻） そういえばドキュメント番組【注2】の収録のときに、うちに来た薬師丸さんが私たちの使っている薄っぺらい毛布を見て、「これではダメだわっ！」って。自分が使っているのと同じ毛布を売ってるお店を探してすぐに買いに行って、「これ使ってください」ってプレゼントしてくれました。薬師丸さん、私たちが受けた雑誌の取材記事を読んだときに、苦難の末にここまで来たって思ってくださったらしくて、他にもおいしいものとかいろいろ送ってきてくださるんです。

藤　野 私は『ハルナガニ』の舞台のときに、ご挨拶させていただいて本当に嬉しかったですね。『翔《と》んだカップル』という映画が大好きで、公開時に映画館で七回観たくらいにファンなので。

木皿（夫） 薬師丸さんのサイン、そこの柱にありますよ。

藤　野 えっ、写メっていいですか？

木皿（妻） 佐藤健くんにも東出昌大くんにも来てもらったのに、トムちゃん（＝木皿・夫）は男の俳優さんには、サイン頼まないんだよね（笑）。

藤　野 薬師丸さんが出演している『富士ファミリー』も大好きです。あのドラマがないと、年が明けない。

木皿（妻） すみません、来年のお正月は予定なくて。

木皿（夫） でも、僕ら小説書いてますよ。

藤　野　「波」に掲載されていた小説「カゲロボ」はどうなってますか？

木皿（妻）　小説だと全然進まないから、日記の形にして四年くらいになっちゃいました。

藤　野　居残り佐平次ですね（笑）。

木皿（妻）　藤野さんの「D菩薩峠漫研夏合宿」と同時期の連載だったのに、なかなか書けなくて。でも、あと八十枚くらいにはなりました。今月は……あっ、もう八月だ……まだ書いてないんですけど。

木皿（夫）　藤野さんは、最初に何を観て僕らのことを注目してくれたんですか？

藤　野　『すいか』からずっと観てました。『野ブタ。をプロデュース』も『セクシーボイス アンド ロボ』も。『野ブタ』と『セクロボ』は原作が好きだったというのもあるんですけど。特に『セクロボ』は原作の黒田硫黄《いおう》さんの漫画が好きで、ああ、ドラマではこんなふうにされるんだと思って、おもしろかったです。

木皿（夫）　でも、脚本家の木皿泉を知ってるのなんて、業界の人間だけですよ。

木皿（妻）　『野ブタ』では、わりと知られたかもしれないけどね。

藤　野　『野ブタ』のときはドラマが放送中、それこそ放送翌日くらいに、近所の公園で小学生が「野ブタパワー、注入！」ってやってるのを見て、物事が流行《はや》る瞬間を目撃した気がしました。普段なかなか子供を見て何が流行ってるか知るチャンスはないんですが、それでも目にするくらいなので、ああ社会現象になってるんだなって。あれを

思いついたとき、「これは流行る！」って思いました？

木皿（妻） あれは、山下（智久）さんのおかげですよ。脚本には「野ブタパワー、注入！」と書いた後に、ポーズは山下さんに考えてもらってください、って（笑）。

藤　野 ドキュメント番組も拝見しましたけど、こちらのお宅の書棚にチャンピオンコミックスの背がちらっと見えて、なんの漫画だろうと気になってました。一緒に観ていた友達のアダっちが、「あれは『がきデカ』だと思う」って。

木皿（妻） そうですよ、そのあたりにあるんじゃないかな（と言って、書棚を指す）。

藤　野 あっ、こまわり君がいますね。

木皿（夫） 僕はこまわり君に似てるって言われるんですよ（笑）。

木皿（妻） トムちゃんのお父さんは、本当に少年警察官ですから。

藤　野 えっ、少年警察官って本当にあったものなんですか？

木皿（夫） 少年警察官と呼んでいたかどうかわかりませんが、戦後すぐのことで治安も乱れてるし、人手も足りてなかったんじゃないですか。十五歳の時に、すでに警

『がきデカ』全26巻
山上たつひこ
少年チャンピオンコミックス
秋田書店

察で働いてたみたいですよ。徳之島から神戸にやってきて、勉強させてもらいながら家族を食べさせていくにはそれしかなかったんでしょう。身体は大きくなかったから、会計みたいなところに移ったみたいですけど。

木皿（妻） お母さんは、婦人警官のほぼ第一号なんですよ。

藤　野 そうなんですか。でも、そんなご両親のもとで育って、なぜ漫才の脚本を書くことになったんですか？

木皿（夫） 僕はラクな方へ、ラクな方へと……。

一　同 （笑）。

藤　野 やっぱりずっとお笑いが好きで、そちらの方に？

木皿（夫） 僕は子供の頃にポリオに罹《かか》って左足に障がいが残ったので、両親や祖父母に「この子は将来、苦労するだろう」っていう無意識な偏見があったんですよ。その意識が自分にも移って――

藤　野 なんとか自分で食べていけるようになろうと？

木皿（夫） まあ、そうですね。

木皿（妻） トムちゃんの友達は、よくわからない仕事をやってる人が多いんです。

木皿（夫） 一応、コピーライターとか肩書きあるねんけどな（笑）。

木皿（妻） でも、みんなインテリ。もっと国の役に立つ仕事をすればいいのに、時代的

に学生運動の頃だったからなんですかねぇ。

藤　野　お国の役になんか立ちたくない、って？

木皿（夫）　役に立つことの恥ずかしさ、みたいな。

木皿（妻）　でも、いちばん仲の良かった人は要領のいい人で、いい会社のお偉いさんになってるね。だけど、中村主水《もんど》みたいな人だよね。

木皿（夫）　会社では洋書読んでるから、目の前に座っている上司も何をしてるかわからない。実はエロ本なのに（笑）。

注1
二〇一四年公演、木皿泉の脚本による舞台。演出は南河内万歳一座・座長の内藤裕敬《ひろのり》。原作は藤野千夜の小説『君のいた日々』（ハルキ文庫）。夫婦と一人息子の日常から浮かびあがるささやかな幸せを見つめた物語。
出演／薬師丸ひろ子　渡辺いっけい　他

注2
二〇一一年、NHK BSプレミアムで放送された『しあわせのカタチ～脚本家・木皿泉　創作の〝世界〟～』。木皿夫妻の日常を追うドキュメントと、木皿泉の脚本によるミニドラマで構成。ド

ラマも木皿宅で撮影された。
出演／薬師丸ひろ子　田中哲司　他

「話のための話」ではない

――木皿さんがお好きな藤野千夜さんの小説の魅力とはなんでしょう？

木皿（妻）　無理やりお話を作りこんでしまう小説が多いなかで、藤野さんの作品にはそういうところがないですよね。物語の山場になると、急に「お話」っぽくなる小説があるじゃないですか。でも、藤野さんの小説には「話のための話」というのがまったくない。

木皿（夫）　この人は説明的なことが好きじゃないですから。

木皿（妻）　だって、そういう小説はダサいです。『編集ども集まれ！』でも、無理に話を作ってないですよね。主人公が会社を辞めさせられるシーンも、ずっと同じ流れのままのテンションで書いてある。でも、現実ってあんな感じですよね。ドラマでも、私は人物の感情にズームインしていくようなのが好きじゃないんです。そういうのはわざとらしくて苦手ですね。

木皿（夫） ハードボイルドですよ。江戸時代やその前の時代の文学でも、たとえば妖怪が出てきて、それで終わり、とかあります。

木皿（妻） 悪人が出てきて、雨の中、斬って斬って終わり、とかね。江戸時代のドラマツルギーは、意外と勧善懲悪でもないんですよ。今のドラマのカタルシスとは違うんじゃないかな。客は悪人を見たかっただけで、それでもよかったんでしょうね。

木皿（夫） リアルってそういうことかもしれない。

藤　野 私の中では、あまり出来事がなくても大丈夫なんですが、以前、ネットの書評で「この著者は、物語の作り方を知らないんじゃないか」と心配されているのを読んだことがあります。起承転結というものがわかってないんじゃないかと。

木皿（妻） 私なんかから見れば、ものすごく高等な物語の作り方なんですけどね、藤野さんのやり方は。普通の作家には絶対書けない。しかも『編集ども集まれ！』は四百ページ以上あるのに、全然ダレているところがない。

藤　野 さすがに単行本化するにあたり、ダレそうな場面は詰めましたが。

木皿（夫） ダレ場は苦しみ……。

木皿（妻） そう、ダレ場は書く方も苦しいよ。

木皿（夫） でも、ダレ場を書くのが面白いっていう人もいますね。池波正太郎なんかは、一見ダレ場に見せておいて、実はそうではなかったというのがありますよ。

藤　野　ラストがうまく決まると、途中のダレ場も楽しかったっていうのはありますけどね。

木皿（妻）　それは人生も同じで、今が楽しければ過去も肯定できる、みたいな？

藤　野　「小説推理」で連載中には、小説に登場する知り合いに、もっと内面のドロドロしたものを書いた方がいいんじゃないかって言われました。そのときはもう、最終回の原稿を書いてたんですけど（苦笑）。

木皿（妻）　そうしたら、全然違う感じの小説になっちゃいましたよね。――私は、これだけのものを書く藤野さんなので、『編集ども集まれ！』を読むまでは、若いときから文学浸けの人なんだと思ってました。でも会社を辞めてなかったら、小説を書いてなかったわけですよね？

藤　野　そうだと思います。漫画の編集が好きでしたし、それまで、小説のための文章はまったく書いてなかったので。

木皿（妻）　じゃあ、私と同じだ……すみません、一緒なんて厚かましい（笑）。

木皿（夫）　案外、そういう人のほうが面白いもの書くんですよ、変に文章修業を積むより。道場破りみたいで。

木皿（妻）　私も勤めていた会社を辞めて、書くことに専念しようと思ったんですけど……そういえば会社を辞めていちばんびっくりしたのは、平日の昼間にぶらぶらしてる

人がたくさんいることで。自分もOLでしたし、サラリーマンの家の子供でしたから。

木皿（夫） この人はその頃、パチンコ屋に朝から夜までずっといたんですよ。

木皿（妻） でも、あまりのキツさにやめました。勝負師には絶対なれないと思って（笑）。朝から夜まで頑張っても月に十五万しか稼げなかったですね。

藤　野 十五万稼ぐのはすごいです。もし二十五万だったら、やめなかったかも？

木皿（妻） 続けたかもしれないけど、結局はやめたでしょうね。勝負と、私の考える暮らしは両立しないから。

――『編集ども集まれ！』は、藤野千夜さんが漫画編集者として働いていた頃のことを初めて描いた自伝的小説です。

木皿（妻） ほんとに初めて書かれたんですねぇ。

藤　野 自分のことを書くのが苦手なんです。話すのも。なので今日は緊張して、顔がこわばっちゃって。ただ今回思い切って書いたおかげで、会社のあった神保町にも行けるようになりました。それまでは絶対に足を踏み入れなかったのに。こうやって、どんどんわだかまりがなくなって、さらっと死んでいくのかと（笑）。

木皿（妻） （笑）。それは、まさに藤野さんの文章そのものですね。ご自分のことを書くきっかけは何だったんですか？

藤　野　それは編集の人に声をかけてもらったからです。まず高校時代を書くように依頼されて、その作品『D菩薩峠漫研夏合宿』が面白かったという双葉社の担当編集者から、うちでは出版社時代の話を書かないかと誘われたんです。なので、同じように自伝的要素を絡めないといけないのかなと思ったんですが、実は、当時の漫画編集部の雰囲気をフィクションで書けばよかったみたいなんですけど……。でもこういう自伝的なものも、書けないと思えば引き受けなかったはずなので。会社を辞めて二十年以上が経って、ようやく書けるようになったのかなと思います。思い出したくないこともたくさんあったので、やっぱり書くのは大変でしたけど。

木皿（夫）　『失われた時を求めて』や。

藤　野　そうですね。だから、小説も長くなっちゃって……。本当は小林信彦さんの『夢の砦《とりで》』のように過去だけの話にしたかったんですけど、やっぱりちょっとキツくて。相棒役の友人アダっちを登場させて、今と行き来するかたちにしました。

木皿（妻）　この作品を読む前から、漫画編集者だったことは知ってましたけど……それ

『編集ども集まれ！』
藤野千夜
双葉文庫

にしてもこんなに漫画が好きだとは。漫画の歴史みたいなものを組み込んで書かれた小説というのも珍しいんじゃないですか？

藤　野　歴史というよりは、ほぼ小ネタなんですが、せっかく書くなら、そういう消えそうなものをいちばん残したいと思ってました。

——木皿（妻）さんは会社を辞めたあと勝負師を諦めて（？）、のちにドラマの脚本家となり、そして初めての小説を発表します。

木皿（妻）　小説を書いたのは、そのときやっていた映像の仕事がぽしゃって、たまたま時間ができたからなんですよ。それで、ずっと依頼されていた河出書房新社に義理を果たそうと。それが『昨夜のカレー、明日のパン』になるわけですが。でも、それまでずっと、小説なんて書けないって言い張ってたんですよ。書いたって、面白いわけがないって。

藤　野　依頼した編集者が長い間ずっと原稿を待っていて、待っている間に社長になっちゃったっていう話ですよね。それ、大好きです。

木皿（妻）　二、三カ月、原稿催促の連絡が来なくてほっとしていたら、ある日、社長就任のハガキが来て……。河出の本の奥付に、発行人としてその人の名前が載っているのを見て、「本当に社長なんだ」って。

藤　野　でも、社長はきっとすごく嬉しかったと思いますよ。やっと書いてもらった小説があれだけ多くの方に喜ばれて、さらに本屋大賞の二位にまでなって。

木皿（夫）　プロの小説家から見て、我々の『昨夜のカレー、明日のパン』はどうなんですか？

藤　野　すごく面白かったです。いろんな人のさびしさに焦点が当たりますが、特に「夕子」の話が好きで。亡き夫のお母さんの一生を通じて、ある時代の風俗が描かれ、思いが描かれ、そのことによっていつの時代にも通じる安心を与えてくれる。すばらしい一編と思いました。あと、文庫に書き下ろされた「ひっつき虫」もよかったです。たとえの上手さと切なさが際立っているように感じました。そこにやさしさもあって。

木皿（妻）　あれは、少し時間をおいて余裕を持って書いたからよかったのかも。

藤　野　作家として技が利くようになった、とか（笑）？

木皿（妻）　サービスというのが、いいみたいです。『すいか』のシナリオブックの文庫でも十年後を書いたんですけど、評判がよかったみたいです。読者に喜んでもらうための特典、と思って書くくらいの心持ちのほうがいいみたいです。

『昨夜のカレー、明日のパン』
木皿 泉
河出文庫

木皿（夫） 正面から構えて勝負するのが恥ずかしいんやな。

木皿（妻） 『カレーパン』（『昨夜のカレー、明日のパン』）の一話目は九年前に書いたから、読み返すのが本当にイヤでイヤで。美術の学校に行ってたんですが、学生のときに描いた絵なんかも、あとで見返すのはイヤですね。

藤　野 私も最初の頃、自分が書いた小説は読み返せなかったですね。なので、出版社から見本をいただいても開かないままだったり。

木皿（妻） わかります。連ドラだけは、前回までをどうやって撮ってるか観ないと書けないので観ますけど、最終回は観ないこともあります。もう続きを書かなくていいですからね（笑）。

木皿（夫） ――藤野さん、『カレーパン』でいきなりポッと出た我々は、作家として延命する方法はありますか？

藤　野 えっ？　うーん……。ネタを小出しにするとか、ですかね？

――木皿さんも藤野さんも、締切にはご苦労されているようですが……。

藤　野 原稿が遅いといえば、木皿さんが有名ですよね（笑）？　「カゲロボ日記」を読んでいたときも、このタイミングで脚本を書かれていて収録は大丈夫なのかな、って。

木皿（妻）　私は、実際に書き出してしまえばめちゃくちゃ早いんですよ。ただ書き始めないだけで（笑）。本当にヤバいっていうところまでいかないと……。

木皿（夫）　書くときに脳のストッパーが外れないと書けないんですよ。

藤　野　あっ、わかります、それは私も同じです。最終的には、ドーパミンが出るのを待つしかないんですよね。私は書きながら待ちますが、最初はとにかく進まない。

木皿（妻）　同じです。私は、お買い物しながら待ちます。書いてて楽しくないとダメですね。いざ書いてるときは、すっごく気持ちいいですもん。あと、ある種の発明があったときなんか、私はすごく嬉しいです。

藤　野　自分は天才なんじゃないか、って思える感じですか？

木皿（妻）　ちゃんと調べたら他に書いてる人がいるのかもしれないけど、その時点では「これ、書いてるの私だけちゃう？」みたいな。

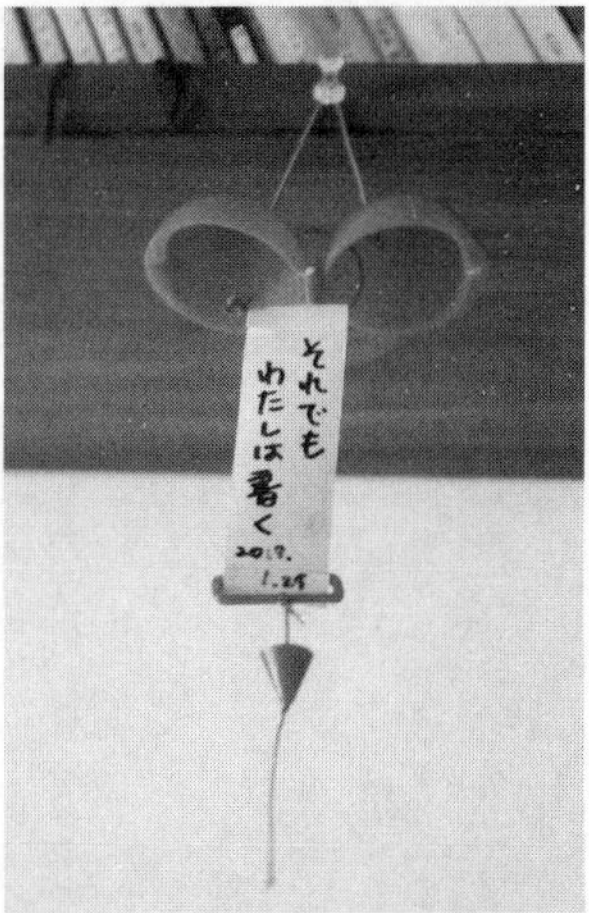

木皿宅の書棚に下げられた、誓いの言葉。スランプだったときに書いたそう。

藤　野　すべてがうまくつながるときなんかも、いいですよね。

木皿（夫）　ストッパーが外れないときっていうのは――

木皿（妻）　なんか書かされてるって感じるとき。シナリオって、本当はハコ書きするものなんですよ。でも、プロットを書くとなぞり書きみたいになっちゃって、自分で書いてても、「続きはどうなる？」っていう楽しみがないんです。それだけが、書くモチベーションになってるっていうのに。先が分かってたら、私はもう書きたくない。だから、自分でも書いててびっくりします、「ええっ、こんなことになるの？」って。でも不思議と最終的に辻褄は合うようになってて。

木皿（夫）　無理やり合わせてるんや（笑）。

藤　野　きっと脳がうまくつなげてくれるんだと思いますよ。脳も、できれば解決して終わりたいと思っていて。

木皿（妻）　だから、ハチャメチャなシチュエーションを書いた方が面白いものになりますよ。『すいか』のシナリオを書いてたときは話がまとまりかけると、頭の中で「うわっ、こんなにまとまったらアカン！　暴れたるねん！」ってなってましたね。

藤　野　でも、不安定な状態のときは苦しいですけどね。

木皿（妻）　そうですね、でも安定するように脳が働いてくれます。

木皿（夫）　回収、やな。

木皿（妻） だけど回収しすぎると説明っぽくなってよくないと、小説誌の編集者には言われました。私はどちらかというと、広げた話をキュッと風呂敷で包んで結ぶ、みたいなところがあるんです。でも、トムちゃんは行ったら行きっぱなし。まとめようという気はさらさらない。それどころか、途中でやめちゃいますから。エッセイだって、半分だけ書いておしまい。だからしょうがない、私がまとめます。トムちゃんは、キャッチーなこととか人の気を引くことを考えるのは、抜群に得意なんだけど。

藤　野 「野ブタパワー、注入！」とか（笑）。

たとえ夢の中でも謝れたなら

——たくさんの漫画作品が登場する『編集ども集まれ！』。木皿さんも漫画はお好きですよね？

木皿（妻） 私は子供の頃、漫画は買っちゃダメって言われてて、テレビも夜八時までしか観ちゃいけなかったんです。短大に入ってから、やっと自分のお金で漫画を買えるようになりました。いちばん最初に買ったのは、三原順さんが漫画家デビューした作品が掲載されている号の「別冊マーガレット」でした。槇村《まきむら》さとるさんや和田慎二さん、く

らもちふさこさんとか好きでしたね。

藤　野　くらもちさん、いいですよね。

木皿（妻）　常に新しいものを描くんですよね。トムちゃんはその頃、大映映画でしたけど（笑）。「別マ」のあとは二年くらい「りぼん」を買ってて、陸奥《むつ》A子さんなど、当時載っていた漫画家の名前が『編集ども集まれ！』に出てきたので嬉しかったですね。よかったな、あの頃は……って（笑）。短大の頃には漫画の文庫化がブームになって。それで、大島弓子さん、萩尾望都さん、つげ義春さんなどの作品を読んだんです。

藤　野　小学館の漫画文庫ですね。つげさんの『紅《あか》い花』とか『ねじ式』とか。

木皿（夫）　つげさんは、「週刊プレイボーイ」でも『ねじ式』を載せてました。

木皿（妻）　あの頃すごく話題になった作品だから、あちこちに転載されたのかもね。

木皿（夫）　ボクの知ってる女優さんは、つげさんの追っかけだったらしいです。

木皿（妻）　でも、つげさんが売れて一戸建ての家を建てたことを知って、がっかりしたと言ってました。

木皿（夫）　うらぶれたヒモみたいな男が好き、っていう女の人がいるじゃないですか（笑）。

――大島弓子さんについては、『編集ども集まれ！』でとても印象的なシーンがありま

す。女性の格好で働きだした主人公に、大島さんが自著『つるばらつるばら』に励ましの言葉を入れたサイン本をプレゼントします。表題作「つるばらつるばら」は、心と身体の性の不一致を感じている主人公の青年が、前世は女性だったと信じて彷徨する物語です。

藤　野　会社をクビになりそうでビクついてるときに、共通の知人を介していただいたんですが、本当につらいときにいただいたので嬉しかったですね。小学生の頃からずっと大好きで読んでましたから。大島さんは「つるばらつるばら」以前、デビュー初期の「ジョカへ…」や「男性失格」などから、そういった性の問題についてはよく描かれています。

木皿（妻）　そういう意味では、意識するのが早かったんでしょうね。

藤　野　少女漫画というジャンル自体に、そういうところはありましたね。小説では吉本ばななさんの『キッチン』が出たとき、そういった少女漫画の良さが作品に生かされてて熱狂しました。

木皿（妻）　吉本ばななさんは、シチュエーションとかは岩館真理子さんの影響も受けているような感じがします。

藤　野　そうですね。岩館さんも、私にとって長い憧れの人です。――あと「悪」の描き方なんですが、大島さんは悪を「悪」として決めつけない気がします。木皿さんの

ドラマでも、詐欺師とか横領犯とか出てきますが、そちら側の事情もちゃんと描かれていますよね。そして救いがあって。

木皿(妻) ああ、そうかもしれないです。――大島さんの作品には、母の不在というのが、よく出てくる気がします。そこで、お母さん的なものが、強調されるというか。

藤　野 温かく包みこむなかにも自分の核みたいなものがあって、それは揺るがずに、何か守っているものがあるというような。

木皿(妻) 守る、というのは大島さんのテーマですよね。私もよく脚本で書くんですが、大島さんの作品には「間に合ってよかった」っていう話も多いんですよ。

木皿(夫) ダークサイドには入らずにすんだ、っていう。

木皿(妻) まだ大丈夫、まだ取り返しがつく、みたいな。

藤　野 大島さんの漫画に、「夢の中で謝れた」っていう場面があったと思うんですけど、あれなんか泣いちゃいますよね。お母さんに謝りたいことがあるんだけど、お母さんはもう死んでしまっていて、でも、夢の中で謝ることができたっていうような。

木皿(夫) 夢の中で謝れた……、キャッチーでいい台詞や。

木皿(妻) たとえ夢の中でも、誤解が解けたならいいじゃないかって、私も思います。そういう意味では、大島さんの作品は問題の解決方法が広くとってあるのかもしれないですね。自分が書くドラマでも、登場人物が崖っぷちにいたとしても、今ならまだ引き

返せるって思えてるなら、それでOKって思ってます。あとはドラマを観ている人たちが想像して、「この人は大丈夫」って思ってくれるから。……でも、私たちは身も蓋もないことも書いてるんですけどね。人は必ず死ぬ、っていうこととか。

藤　野　みんなで助けてあげるよ、っていうことでもないんですよね。

木皿(妻)　そう。人は本当に分かり合うことはできない、とも書いてますしね。でも、そこに埋没しない方法もあるってことも書いてます。

藤　野　だからこそ、生き方を迷っているような人は木皿さんのドラマを観て、心に沁みたり、支えになったりするんだと思います。

——夫婦ユニット脚本家・木皿泉としてデビューする以前、木皿(妻)さんのラジオドラマデビュー作『ぼくのスカート』では、女装してゲイバーで働く主人公と、その父親の交流が描かれています。

木皿(妻)　私は大島作品をよく読んでいたので、設定が変わってるとは思わなかったんだけど、『ぼくのスカート』の内容を周りの人に話したら、いやそれは無理だよって言われました。まだ吉本ばななが『キッチン』を書く前でしたしね。たとえラジオドラマでもダメだって。

木皿(夫)　当時NHKで、僕は応募されてきたその脚本を読んだんだけど、他のみんな

は難しい設定だなあって言ってました。

木皿（妻） トムちゃん、私と出会うより前に私の作品を読んでるんです。その頃、トムちゃんはすでにNHKで仕事してたから。それで、この脚本を読んだときに「こういうのなら、オレにも書けるんじゃないか」って思ったらしいです。社会学みたいなものを入れてるから、こういう書き方なら、って。

木皿（夫） 感性だけでは書けないけど、話を構造化したりするなら。

木皿（妻） トムちゃんは現代思想の人だから。

藤　野 そういう意味では、ふわふわしているようで芯に先進的なもの、小倉千加子さんみたいなところがあるんですかね。小倉さんの本は私も好きで、よく読みましたけど。

木皿（妻） 当時、流行ってたんですよ、ポストモダン。アカデミックな本がベストセラーになったりしていた時期でしたからね。

藤　野 そういう思想的な部分とあわせて、『ぼくのスカート』では、主人公の穿いているスカートがパラシュートのように広がる描写のところが、とてもやわらかくて好きでした。スーツ姿の男達は先に落ちてしまうのに、主人公はスカートがあるからふんわり落ちていける。

木皿（妻） ありがとうございます。大島弓子さんの描く、ふわんとしたスカートのイメ

ージかもしれない。

藤野　その、ふわんが心地よいんですね。そういえば話がちょっとそれますが、以前、小説『昨夜のカレー、明日のパン』について、木皿(妻)さんがインタビューで松木ひろしさんの影響をおっしゃっていて、なるほど、と思いました。松木さん脚本のドラマ、『気になる嫁さん』や『パパと呼ばないで』『おひかえあそばせ』『雑居時代』といった、石立鉄男主演のコメディは私も楽しんだ世代なんですが、正式な家族とは違う人物が、成り行きや勘違いで同居する設定が多くあります。

木皿(夫)　『カレーパン』は『気になる嫁さん』や！

藤野　そうですよね！　あちらは「嫁さん」が義理の実家に住み続けて、一緒に暮らす石立鉄男たち、男兄弟がやきもきする話でしたが。木皿さんの作品にも、一貫してそういった不安定さと、それを受け入れる大きさがあって、そこが読んでいて、観ていて心地よいのだと思いました。一方で、扱われる問題はやはり今日的というか、例えば先日のPerfume主演のドラマ『パンセ』では、思わぬ同居人は引きこもりの中年男性でしたし、受け入れる側も、強固な家族というよりは、『カレーパン』では義父一人、『パンセ』では女友達三人だったりと、どこか収まりの悪い、さびしさのようなものを抱えていて、みんなで距離を探り合っている。そこが木皿作品の新しさなのだと思います。

――『編集ども集まれ！』では、主人公がもっとも敬愛する漫画家の一人として、手塚治虫さんの名前が挙げられています。

藤　野　はい。漫研に入った中学時代に、当時の絶版本を探して、よく古本屋巡りをしていました。『アポロの歌』とか『ライオンブックス』とかを買ってましたね。講談社の全集が出る前で、そうしないと読めないタイミングの本もあって。今回はこちらにお邪魔する前に、手塚先生の育った宝塚市に立ち寄って、ゆかりのスポットを見たり、はじめて手塚治虫記念館にも行って感激しました。――お二人は、手塚先生の作品では何がいちばんお好きですか？

木皿（夫）「雨ふり小僧」ですね。

藤　野　あぁ、いいですよね。

木皿（妻）　いいよねぇ。

藤　野　今、トムさん即答でしたね（笑）。

木皿（妻）　何がいちばんか……、この質問、ほんと困るよねぇ。

藤　野　私も訊かれると大体答えられなくて、「うっ……」ってなって終わるのに、人には訊いちゃうんですよね。

木皿（妻）『きりひと讃歌』もいいし。でも、やっぱり『ブラック・ジャック』かなぁ、

好きですね。

藤　野　ピノコが病気でもう死んでしまうっていう回で、「最後のお願いだから大人の身体にして」ってブラック・ジャックに言いますよね。でも、病気を治す手術ができることになって、身体のほうはそのままになる。あの話とか、本当にいいですよね。可愛くて切なくて。

木皿（妻）　ああ、あそこね。いいよねぇ。ピノコが大人の身体になってしまうと、今あるブラック・ジャックとの関係が消滅してしまうんですものね。切ない話ですよね。

木皿（夫）　手塚さんは、いちばん得意な医学のことを使って描いたのが、最後の方の時期だったんだからすごい。

藤　野　確かに！　そうですね。しかも少年誌に医者漫画って、当時はたぶんタブー的なところがあったはずだと思います。

木皿（妻）　『ブラック・ジャック』のあとからは、亜流みたいな作品がたくさん出てきましたけどね。

木皿（夫）　藤野さん、『火の鳥』の「鳳凰編」なんかはどうですか？

藤　野　あっ、すごく好きです。しかもピンポイントで「鳳凰編」がいちばん。実は、このあいだ『火の鳥』を最初から全部読み返してみて、やっぱりすごいなって。大袈裟じゃなく、人間の感情がすべて描かれている。それを「宇宙」「生命」といった大きな

ものが包んでいて、最後の「太陽編」だけでも、物語が循環しているような感じで。

木皿（妻）　最後は日中戦争のときの上海を舞台にする予定だったと、誰かが言っていたような。

木皿（夫）　ロックが活躍するはずだったらしいですよ。

木皿（妻）　私は手塚作品のなかで、ロックがいちばん好きですね。

藤　野　いいですよね、ロック。実は私も、手塚先生を真似て、小説でスターシステムをよく採用してます（笑）。

木皿（妻）　うちもそうです。また、このキャラ出ちゃったよって。そう、映画なんですよ。そのせいか、手塚さんの作品はすごく黒澤明っぽいんだよねぇ。登場人物が突然踊りだしたりするところや、強い女の子の描き方なんかも似てる。だけど二人とも実は王道の人ではなくて、ものすごく変なものをつくる人なんだと思います。

木皿（夫）　映画監督の山中貞雄が戦死しないで他にたくさん撮ってたら、黒澤明は好きなように撮って、もっとエンターテインメント作品をつくったんじゃないかな。

『火の鳥 4　鳳凰編』
手塚治虫
朝日コミックス
朝日新聞出版

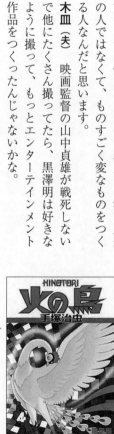

木皿（妻） そうだね、映画界を背負う必要もなかったのかもしれない。そういう意味では、手塚治虫も漫画界を背負わされちゃった人なのかもね。

藤　野 そうかもしれないですね。

――最後に、先ほど木皿（夫）さんが、作家として延命の方法があれば教えてほしいと藤野さんにおっしゃいましたが、改めていかがですか？

藤　野 あっ、そう聞かれてたんですか。私は「作家として、自分の延命の方法は考えてるのか？」って聞かれてるのかと……。

一　同 （笑）。

藤　野 アドバイスなんて、全然ないです。自分のことを言われてると思って答えたさっきも、「ネタを小出しにする」なんて答えたくらいですから（笑）。実際には毎回からっぽになって、次に困ってます。

木皿（妻） うちもそうだわ。トムちゃん、延命を考えないのが、延命だよ（笑）。

木皿（夫） こんなことに懲《こ》りずに（笑）、また遊びに来て下さい。

藤　野 今日は、お会いできて本当に嬉しかったです。こうやって木皿泉ファンの聖地に来ることができて、気になっていた本棚も見られて最高でした。

木皿（妻） 今度お会いするときまでには、小説を書き上げておきます。

――神戸・木皿宅にて
撮影／原田奈々
（「小説推理」双葉社　２０１７・11）

単行本版あとがき

日々の暮らしは、過ぎてしまえば、本当にあったことなのかなあと頼りなく思うが、書いたものは、こうやって本にしてもらえるので、自分では書いた覚えがないものも、著作物として残ってゆく。ありがたいと思う一方、怖いなあとも思う。

このエッセイの中には、知人とのちょっとした行き違いのなか書いたものもあるので、怒ったような文章もある。が、それもまた懐かしい思い出になるだろうと、そのまま載せることにした。何年か後、誰かと一緒に読んで、げらげら笑うのもいいなと思ったからだ。その誰かが、当のいさかいの相手という可能性もあるわけで、そんなことを考えると、生きてゆくことはおもしろいことだと思う。

さて、この本のタイトルであるが、相方がベッドの中で、「お布団はタイムマシーンや」とつぶやいたのが、とてもいいと思い、それを使おうと思い立った。このタイトルを使いたいがためだけに、エッセイを一本でっち上げたわけである。

お布団は昔から好きで、ラジオドラマ収録の休み時間、女優さんたちと何がなかった

ら一番困るかという話になったとき、みんなが鏡とか、どこそこの化粧クリームとか言うなか、私はお布団と答えて、おもしろい人だなあと笑われてしまったことがある。たぶんその頃、お布団だけが、私がほっとできる場所だったのだろう。

街に出ると、たくさんの人が歩いている。そのひとりひとりに、家に帰ればお布団があるのだ、と思うと、私はいつも不思議な気持ちになる。眠りに落ちるとき、みんなのお布団を集めて、鏡餅みたいに積み重ねてゆくところを想像する。ぐらぐらしながらも、もう少しで月まで届きそうな高さになると、私は「ほらね」と得意気に思う。こんな小さな場所に居ながらにして、人はどんなところにも行けるのだ。そういう装置を、ひとりが一セットずつ、当たり前のように持っている。そんなことを考えながら、私は眠りに落ちてゆく。

このあとがきは、元日の朝、お布団の中で、私が双子ちゃんと呼んでいる万年筆（モンブラン製。キャップに蛇がついている、赤色と黒色の二本）で書いている。私たちは、ほとんどの物語やエッセイを、ここでつくってきた。介護ベッドの上と、床に敷いた布団の上で、明るくなり始めた早朝や、眠る前の暗闇のなか、お互いに、あーだこーだとしゃべり合いながら。

こうやって、お布団の中で書いたものを本にまとめてくれた担当の反町有里さんは、もちろん、私たちのようにお布団の中で仕事ができるわけがなく、あちこち走り回って

くれたに違いない。感謝感謝である。この本を読んでいただいた読者の皆様にも、お布団の中から言うのも何ですが、ただ感謝感謝感謝です。
まだまだ書き続けますので、どうぞお見捨てなく。

二〇一八年　元旦

木皿　泉

文庫版あとがき

このエッセイを書いていたころ、いろいろ辛い思いをしたことを思い出す。一つの悲しみを超えるとまた別のことに直面して、それを何とかしのぐと、また別のが待っているという感じで、心が穏やかになる時がなかった。辛いのは、自分の身に何か降りかかっている時ではないらしい。そういう時は、私のほうも気が張っているから何とかしのげるものである。大変なのはその後で、受け入れがたいことを受け入れなければならない時だ。

頭は頑固だ。私が許せばそれで済むのはわかっているのに、なかなかそういう気持ちに到達しない。

エッセイでも書いているが、そういう時は京都の三十三間堂に行った。昔、どうしても許せないことがあったとき、そこで必死に祈る女の人を見た。それは許しをこう人のように見え、こんなにも祈っているのに、許されないのは理不尽なことに思えた。その時、自分自身が許せない気持ちでいたことを思い出し、あっとなった。そうか、私が許

さねば、この人は永遠に救われないのではないかと。彼女と私は無関係で、私が許したところで彼女に何かの変化があるわけではない。論理的にはそうだろう。しかし、私が許せないと思っている限り、世界は硬直したまま動かないのではないか。

「あなたが許さない限り、それは巡り巡って、世界はうまく回らないよ」

三十三間堂にそう言ってもらって、私自身もようやく動き出すことができるのである。

そういえば、ダンナの口癖は、「許してなぁ」だ。寝返りもできない体なので、何をするにも手助けがいるわけで、そのつど私の時間を奪っているのではと謝る。私は私で、ダンナのできないこと、例えば車いすの入れない寿司屋のカウンターでトロを食いながら、心の中で「すまん」と思っていたりする。こんなふうに、お互いが許し許されている時間があって、二人の関係がうまく回っていることを私たちは知っている。

この規模をもう少し大きくできないものかと、いつも思う。地球規模とは言わないまでも、せめて長時間いなければならない仕事場が、こんなふうに許し許される関係で成り立っていたら、生きてゆくのがもっと楽になるのに、と。

そんなことを夢想しながら書き散らしたものを、今回もまた編集担当の反町有里さんが、皆さんに届けるべく、大事に大事に両手で抱きしめるようにかき集めてくれた。私はずぼらで、本当に何もしないので、感謝しかない。ありがとう。

何とか食っていければいいやと、なかなか仕事をしない私たちに、ファンの人たちは、

「それでいいのです」と言ってくれる。「木皿さんのリズムで仕事をしてください。そんなことより長生きしてくださいね」と必ず健康のことを気遣ってくれるのである。

こんなふうに、私たちを許してくれる人たちがいる。それはつまり、私たちが描き続けてきたことが、確実に届いていることの証拠のように思え、心底幸せだぁと実感する。

皆さんが飽きるまで、まだまだ書き続けます。どうかそれまでお付き合いください。

では、また。

二〇二〇年　師走

木皿　泉

本作品は二〇一八年二月、小社より単行本刊行されました

双葉文庫

き-26-04

木皿食堂《きざらしよくどう》❸

お布団《ふとん》はタイムマシーン

2021年1月17日　第1刷発行

【著者】
木皿泉《きざらいずみ》

【発行者】
箕浦克史
【発行所】
株式会社双葉社
〒162-8540 東京都新宿区東五軒町3番28号
［電話］03-5261-4818(営業)　03-5261-4831(編集)
www.futabasha.co.jp（双葉社の書籍・コミックが買えます）
【印刷所】
大日本印刷株式会社
【製本所】
大日本印刷株式会社
【カバー印刷】
株式会社久栄社
【DTP】
株式会社ビーワークス

【フォーマット・デザイン】
日下潤一

ISBN978-4-575-71487-6 C0195
Printed in Japan

JASRAC 出2009435-001

木皿 泉 好評既刊

二度寝で番茶

絵 土橋とし子

「すいか」「野ブタ。をプロデュース」「Q10」をはじめ、普遍的な人気を誇るドラマの脚本を手がけた木皿泉の初著書。家族、愛、自由、幸せ、孤独、個性、笑い、お金、創作、生きること死ぬこと……について、二人が思う存分語りあう。

双葉文庫

木皿 泉 好評既刊

木皿食堂

木皿ドラマの、人々の心を深く揺さぶる言葉やシーンは、どのように生まれるのか——。エッセイ、インタビュー、漫画家・羽海野チカとのロング対談、シナリオ講座などから、その背景を窺い知ることのできる貴重な一冊！

双葉文庫

木皿 泉　好評既刊

木皿食堂2　6粒と半分のお米

私たちは物語をつくる。また明日も生きてみようって、思ってもらえるように。夫婦ユニットの脚本家、そして小説家。物語の力を信頼している二人が、日々の生活で紡ぐコトバの数々。エッセイやインタビューの他、俳優・佐藤健との対談を収録！

双葉文庫